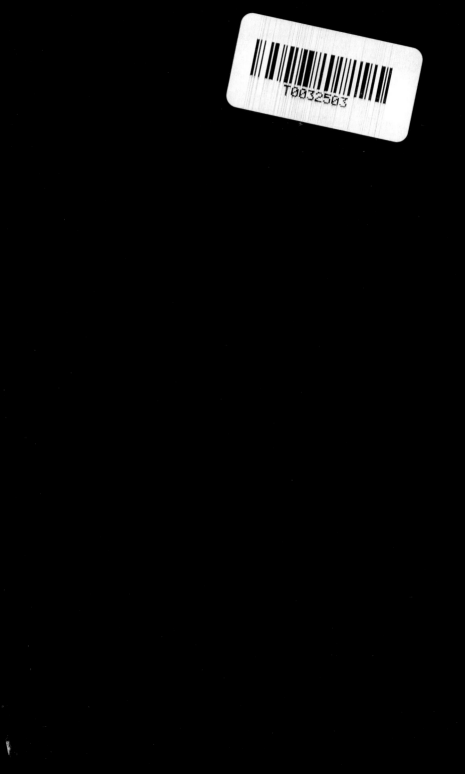

LOS POSTIGOS VERDES

Claro que prefieren que no vea ciertas cosas.
Pero lo que no quieren sobre todo es que les
cuente otras.

—¿Lo dirás todo?
—¿Y tú?
—Lo intentaré. Si no lo consigo, no me lo
perdonaré en la vida.

Peuples qui ont faim, 1934

GEORGES SIMENON

LOS POSTIGOS VERDES

TRADUCCIÓN DEL FRANCÉS
DE CARIDAD MARTÍNEZ

ANAGRAMA & ACANTILADO
BARCELONA 2023

TÍTULO ORIGINAL   *Les volets verts*

Publicado por
ANAGRAMA & ACANTILADO

Pau Claris, 172   Muntaner, 462
08037 Barcelona   08006 Barcelona
Tel. 932 037 652   Tel. 934 144 906
anagrama@anagrama-ed.es   correo@acantilado.es
www.anagrama-ed.es   www.acantilado.es

ISBN: 978-84-33921-10-9
DEPÓSITO LEGAL: B. 3847-2023

DURÓ   *Gráfica*
QUADERNS CREMA   *Composición*
LIBERDÚPLEX   *Impresión y encuadernación*

PRIMERA EDICIÓN   *mayo de 2023*

ADVERTENCIA

Los amigos que han leído las pruebas de esta novela me hacen temer que algunos imbéciles, malpensados o quienes simplemente se creen bien informados toman mi libro, o fingen tomarlo, por una novela en clave e identifican el personaje de Maugin con tal o tal actor famoso.

La fórmula tan manida «Esto es una obra de imaginación y cualquier parecido, etcétera, etcétera» no basta ya.

Quiero declarar *categóricamente*, al principio de este libro—al que, con razón o sin ella, concedo cierta importancia—, que Maugin no es un retrato ni de Raimu, ni de Michel Simon, ni de W. C. Fields, ni de Charlie Chaplin, a quienes considero los más grandes actores de nuestra época.

Pero precisamente a causa de su grandeza, es imposible crear un personaje de su estatura, en su profesión, que no tome ciertos rasgos, ciertos tics, del uno o del otro.

Todo lo demás es pura ficción, tanto en lo referente al carácter de mi protagonista, a sus orígenes familiares, a su infancia, a los episodios de su carrera, como a los detalles de su vida pública o privada o de su muerte.

Maugin no es ni Fulano ni Mengano. Es Maugin, sencillamente, con cualidades y defectos que sólo a él pertenecen y de los que soy el único responsable.

No escribo estas líneas con el fin de evitar algún proceso, como ya me ha sucedido, sino en honor a la verdad, por respeto a la memoria de los que acabo de citar y ya han muerto, y a la personalidad de los que viven todavía.

GEORGES SIMENON
11 de mayo de 1950

PRIMERA PARTE

I

Qué curioso. La oscuridad que le rodeaba no era la oscuridad inmóvil, inmaterial, negativa, a que está uno acostumbrado. Le recordaba más bien la oscuridad casi palpable de ciertas pesadillas de su infancia, una oscuridad maligna, que algunas noches le asaltaba a oleadas o trataba de asfixiarlo.

—Puede relajarse.

Pero aún no podía moverse. Sólo respirar, lo cual ya era un alivio. Tenía la espalda apoyada en una mampara lisa cuyo material no habría podido determinar, y contra su pecho desnudo sentía el peso de la pantalla, cuya luminosidad permitía adivinar la cara del doctor, inclinada sobre él. ¿Sería a causa de ese resplandor por lo que la oscuridad circundante parecía hecha de nubes blandas y envolventes?

¿Por qué se le obligaba a permanecer tanto rato en una postura tan incómoda, sin explicación alguna? Hacía un momento, en el diván de cuero negro, en la consulta, conservaba su libertad de espíritu, hablaba con su auténtica voz, su voz grave y ruda de la escena y la ciudad, divirtiéndose en observar a Biguet, el famoso Biguet que había sido y seguía siendo el médico de casi todos los personajes ilustres.

Era un hombre como él, aproximadamente de su edad, salido también de la nada, un campesino, su madre era sirvienta en una granja del Macizo Central.

No tenía la voz de Maugin, ni su estatura, su anchura de hombros, su ancha jeta cuadrada, pero, fornido, de pelo hirsuto, conservaba las trazas de sus orígenes y seguía arrastrando las erres.

9

—¿Puede usted quedarse exactamente como está unos minutos?

Maugin tuvo que toser para aclararse la garganta y contestar que sí. Pese a su semidesnudez y el frío contacto de la pantalla, unas gotas de sudor le perlaban la piel.

—¿Fuma mucho?

Le dio la impresión de que el doctor le hacía esa pregunta sin necesidad, sin convicción, sólo para que se sintiera cómodo, y se preguntó si iba a hacerle otra, más importante, que estaba esperando desde que empezó la consulta.

No era una visita cualquiera. Eran las siete de la tarde y la secretaria del médico se había ido hacía rato. Maugin conocía a Biguet por haber coincidido con él dos o tres veces, en algún estreno o alguna recepción. Hacía un rato, de pronto, y cuando hacía tiempo que lo pensaba, se había decidido a telefonearle.

—¿Le importaría echarle un vistazo a mi corazón?

—¿Está usted actuando estos días, ¿verdad?

—Todas las noches. Y con matinal los sábados y domingos.

—¿Y está rodando algo?

—A diario, en el estudio de Buttes-Chaumont.

—¿Le iría bien pasar por mi consulta entre las seis y media y las siete?

Se había hecho llevar en el coche del estudio, como de costumbre. Esa cláusula estaba estipulada en todos sus contratos, y le ahorraba el gasto de un coche y un chofer, porque no había aprendido a conducir.

—¿Al Fouquet's, señor Émile?

A la gente que tenía frecuente contacto con él les parecía ingenioso llamarle señor Émile, como si el apellido Maugin les viniera grande. Algunos, que sólo habían coincidido con él un par de veces, exclamaban cuando se hablaba de él: «¡Ah, sí! ¡Émile!».

Había contestado que no. Llovía. Hundido en el capitoné del coche, observaba sombríamente las calles mojadas, las luces deformadas por el cristal, los escaparates, primero los pobres y de una fea banalidad de los barrios populosos—lecherías, panaderías, tiendas de comestibles y bares, sobre todo bares—y luego los de las tiendas más lujosas del centro.

—Déjame en la esquina del boulevard Haussmann con la rue de Courcelles.

De sopetón, cuando atravesaban la place de Saint-Augustin, la lluvia arreciaba tan intensamente, en gruesas gotas que rebotaban, que el adoquinado parecía la superficie de un lago.

Había dudado. Era fácil hacer parar el coche delante de la casa del doctor. Pero sabía muy bien que no lo haría. Eran las seis cuando se había tomado dos vasos de vino en su camerino del estudio, y ya empezaba el malestar, un vértigo, una angustia en el pecho, como antaño cuando tenía hambre.

—¿Se baja aquí?

El chofer estaba sorprendido. En la esquina de la calle no había más que una sastrería con los postigos cerrados. Pero unas casas más allá, en la rue de Courcelles, Maugin había reconocido la puerta acristalada de un bar frecuentado por taxistas. No había querido entrar en presencia de Alfred. Había esperado un poco, de pie, enorme, en la esquina del bulevar, con el ala del sombrero, que llevaba alzada, rebosando ya de agua que le chorreaba sobre los hombros.

El coche se había alejado, pero se había detenido unos metros más allá, precisamente, delante del bar, en el que Alfred, con la cabeza gacha y los hombros encogidos, se había precipitado.

¿Tendría sed también o necesitaba cigarrillos? Al abrir la puerta, Alfred se había vuelto en dirección a Maugin, que para disimular se había dirigido al primer gran portal, como si fuera allí a donde iba, y luego, una vez dentro, había esperado, en la oscuridad de la entrada, a que se alejara el coche.

Después había entrado en el bar, en el que cesaron las conversaciones y todo el mundo se le quedó mirando, y él, con gesto hosco y voz ronca, había dicho entre dientes:

—¡Un tinto!

—¿Burdeos, señor Maugin?

—He dicho un tinto. ¿No hay tinto a granel, aquí?

Había bebido dos vasos. Siempre bebía dos, uno tras otro, ambos de un trago. Tuvo que desabrocharse el abrigo para sacar dinero suelto del bolsillo.

¿Le habría olido el aliento, el doctor Biguet, antes, cuando le auscultaba? ¿Le haría la misma pregunta que los demás? ¿Se habría dado cuenta de que desde que Maugin tenía el torso inmovilizado entre dos planchas rígidas, y la oscuridad le cegaba, ya no eran dos hombres que pudieran considerarse iguales?

Debía de estar acostumbrado. ¿Acaso eran distintos el presidente del Consejo, los líderes empresariales, los académicos, los políticos y los príncipes extranjeros que viajaban para visitarse con él?

—Respire con normalidad, sin esforzarse. Y, sobre todo, no mueva el pecho.

Al principio, no había más que dos ruidos en la estancia, la respiración regular del médico y el tictac del reloj de bolsillo en su chaleco. Ahora, en aquel universo de nubarrones, se oía un curioso rasgueo, que Maugin no identificó en el primer momento y que le recordó el chirrido de la tiza en la pizarra, en la escuela de su pueblo. Bajó la cabeza con precaución, y pudo entrever, como un ectoplasma, el rostro atento, la mano lechosa, del doctor, y comprendió que estaba ocupado dibujando en la placa fluorescente o en una hoja transparente aplicada encima.

—¿No tiene frío?

—No.

—¿Nació en el campo?

—En la Vendée.

—¿Boscaje o marisma?

—Lo más marisma que pueda imaginarse. Marisma mojada.

Poco antes, en la consulta, aquella conversación probablemente habría tomado otro cariz. Maugin sentía bastante curiosidad por el doctor, que, en su ámbito, era más o menos igual de eminente que él en el suyo.

No lo había hecho expresamente, pero antes de acceder a la consulta se había detenido un momento bajo el arco de la entrada a examinar la portería. (Porque allí había portera, mientras que en su casa, en la avenue George V, había un hombre con un pretencioso uniforme).

En aquel momento aún conservaba la cabeza despejada, demasiado incluso, quizá por el empeño de demostrarse que su corazón no le preocupaba más de lo normal.

El solo hecho de vivir en el boulevard Haussmann ya lo decía todo. Denotaba la auténtica burguesía, segura de su solidez, que no necesita darse aires de grandeza, y más preocupada por el confort que por las apariencias. No había columnas corintias en el hall, y la escalera no era de mármol blanco, sino de viejo roble recubierto de una tupida alfombra roja.

En el ascensor, había aprovechado para soplar en el hueco de la mano y luego aspirar, para asegurarse de que no olía demasiado a vino.

Por parte de Biguet, había sido toda una deferencia haberle citado fuera del horario habitual, sin su secretaria, sin su enfermera. ¿Habría comprendido que Maugin no podía arriesgarse a ver al día siguiente cómo los periódicos anunciaban que estaba gravemente enfermo? No fue tampoco la sirvienta quien le había abierto, sino el doctor en persona, que llevaba un batín corto de terciopelo, como si recibiera la visita de un amigo. Había una sola lámpara encendida en el salón, en cuya chimenea ardían apaciblemente unos troncos.

—¿Cómo está, Maugin?

Tampoco le llamaba señor, otro detalle por su parte, pues ambos habían sobrepasado ese estadio.

—Supongo que el teatro le reclama y no puede concederme mucho tiempo. Si le parece, pasaremos directamente al consultorio.

Había entrevisto un piano de cola, unas flores en un jarrón, la foto de una joven en un marco de plata. Y tras las puertas cerradas, de roble oscuro, podía adivinarse la vida ordenada de un auténtico hogar.

—Quítese la chaqueta y la camisa.

Tan fuera de hora de consulta era que el doctor tuvo que encender él mismo un radiador de gas.

No le había hecho ficha, y le dispensó del interrogatorio habitual.

—¡Caray!—exclamó palpando los músculos de Maugin, una vez estuvo tumbado en el diván negro—. Le sabía fuerte, pero no me esperaba esto.

¿No era igual de fuerte él, bajo el terciopelo de su batín?

—Inspire.

No hacía preguntas. ¿Acaso hacía falta hacerlas a la gente que venía a ver a Biguet?

El estetoscopio se paseaba, muy frío, sobre el pecho de Maugin, cubierto de un largo vello.

—¿Orina con facilidad? ¿Se levanta con frecuencia de noche?

CAPÍTULO I

Y no sólo el enorme torso le interesaba, no sólo la carcasa de Maugin y las vísceras que contenía, sino el hombre..., cuya leyenda, como todo el mundo, conocía. Se mantenía sentado ante él, con las rodillas separadas, y el actor le miraba con casi la misma curiosidad.

—Me gustaría echar un vistazo ahí dentro con el fluoroscopio. No se vista. Espero que no haga demasiado frío ahí al lado.

Al contrario, el calor era asfixiante.

Su lápiz, o su tiza, chirriaba en el silencio acompasado por sus dos respiraciones. París, la lluvia en las calles, donde de los faroles colgaban estrellas, el teatro, allá a lo lejos, en cuya puerta la gente debía ya de estar haciendo cola, todo había zozobrado en un abismo a fin de dar paso a esta oscuridad cada vez más opresiva para Maugin, hasta el punto de que tenía ganas de escapar.

—¿Sesenta años?

—Cincuenta y nueve.

—¿Mujeriego?

—Lo fui. Ahora me da por ahí de vez en cuando, a ramalazos.

Seguía sin decirle nada de la bebida, tampoco de su corazón, ni de qué había podido averiguar en la media hora que llevaba examinándolo.

—¿Muchas películas en perspectiva?

—Hay que rodar cinco este año.

Estaban en enero. La que él estaba ahora terminando figuraba en su contrato del año anterior.

—¿Y en el teatro?

—Mantenemos *Baradel y Cía.* hasta el quince de marzo.

La obra llevaba cuatro años en cartel y más de mil representaciones.

—¿Todo eso le deja tiempo para vivir?

Recobró momentáneamente su propia voz, arisca y agresiva, para rezongar:

—¿Y a usted?

¿Acaso Biguet tenía tiempo de vivir, aparte de sus clases, el hospital, las cuatro o cinco clínicas donde tenía pacientes y su consulta?

—¿Su padre murió joven?

—A los cuarenta.

—¿Del corazón?

—De todo.

—¿Y su madre?

—A los cincuenta y cinco o sesenta, no sé ya, en una sala común del hospital.

¿Acaso le molestaban aquel edificio del boulevard Haussmann, la portería con muebles barnizados, el salón con troncos ardiendo en la chimenea y un piano de cola, y hasta el batín de terciopelo del doctor? ¿Le guardaba rencor a Biguet por tener la discreción de no mencionar el vino o el alcohol?

¿O era sólo el silencio del doctor, lo que le irritaba, su calma, su aparente serenidad, o, lo que es más, la suerte de encontrarse al otro lado de la pantalla?

En cualquier caso, tuvo la impresión de vengarse de algo diciéndole:

—¿Quiere saber cómo murió mi padre?

La mayor parte de su amargura, de aquella maldad que espesaba su voz, ¿no obedecería al incidente con Alfred, a los minutos humillantes pasados bajo un portón esperando tener vía libre hacia el bar, a los dos vasos de vino apurados de un trago mientras miraba desafiante a los clientes, que se habían quedado de piedra?

—O debería decir cómo reventó, porque murió como un animal. Peor que un animal.

—Baje un poquito el hombro izquierdo.

—¿Puedo hablar?

—A condición de que no cambie de postura.

—¿Le interesa?

—He cruzado varias veces la marisma vendeana.

—Entonces ya sabe a lo que llaman allí cabañas. Algunas chozas africanas, en el poblado negro de la Exposición Colonial, eran más confortables y decentes. ¿La vio, este invierno?

—No.

—Habría entendido por qué en la Vendée las camas son tan altas que hace falta un escabel para encaramarse. Cuando al agua de los canales no le quedan ya más prados que anegar, inunda las cabañas, y mis hermanas y yo a veces nos pasábamos semanas en la cama, sin poder salir porque estábamos rodeados de agua. Allí los campesinos, en general, son pobres. Pero en nuestra aldea, y a una legua a la redonda, sólo un hombre vivía de la caridad pública: mi padre.

Y pareció que añadía para sus adentros: «¡Háblale ahora de tu madre, que era sirvienta!».

—Ha movido el hombro izquierdo.

—¿Mejor así?

—Un poco más alto. Así está bien.

—¿Le aburro?

—En absoluto.

—Era jornalero, pero no encontraba fácilmente quien le contratara. Porque, en cuanto salía el sol, ya estaba borracho. Se había convertido en una especie de personaje, en la zona. Le invitaban a beber para burlarse de él. Y digo mi padre, pero la verdad es que no sé si lo era, porque venían a ver a mi madre como quien va a una casa de putas, con la diferencia de que quedaba más cerca y era más barato que ir a Luçon.

—¿Él murió en su cama?

—En un charco de agua, en enero, a pocos pasos de la taberna en que se había puesto como una cuba. Cayó con la cara en el barro y ya no se levantó. Yo tenía catorce años. Había agua por todas partes. Mi madre me mandó en su busca con una linterna. El viento venía de la costa. Divisé un farolillo en el canal, la sombra de una barca, oí unas voces. Grité y me contestaron. Unos hombres traían a mi padre, habían tropezado con él al salir de la taberna.

»Y al tocar aquello tan frío en el fondo de la barca, pregunté:

»—¿Está muerto?

»Entonces se miraron riéndose sarcásticamente:

»—No tiene por qué estar muerto—dijo uno.

»—Está muy frío.

»—Esté frío o no es asunto suyo, pero para nosotros no estará muerto hasta que pase la línea de demarcación. Fallecerá en su pueblo, chico, no en el nuestro. Los de aquí no pensamos pagar los funerales de mendigos forasteros.

»Pero cuando iban a desembarcarlo en nuestro lado, los del pueblo se indignaron:

»—Devolvedlo a donde ha muerto.

»—¿Quién dice que está muerto? ¿Es que le ha visto siquiera el doctor?

Empleaba su famosa voz. Su acento, que no era de ninguna parte, y que le pertenecía por derecho propio. Nunca, en escena, las palabras habían acudido con tal carga, y desde tan hondo, con tal sencillez y sequedad.

—Fue aquella noche cuando me marché. No sé lo que harían con él.

—¿A los catorce años?

—Llevaba en el bolsillo los veinticinco céntimos que Nicou me había dado por manosear a mi hermana.

Se arrepintió al instante, porque no era del todo verdad,

pero habría tenido que dar demasiadas explicaciones, y el hecho habría perdido fuerza.

Gaston Nicou, aproximadamente de su edad, tenía una hermana, Adrienne, de quince años, con cara de tonta y un corpachón con la piel agrietada por el frío.

«Dame veinticinco céntimos y te dejo jugar con mi hermana—le había dicho un día Nicou—. Por cincuenta te permito montarla, ¡aunque sé que tú nunca tendrás cincuenta céntimos!».

Maugin los robó, y no una vez, sino varias veces. Y se acostaba con la chica, bajo la mirada indiferente de su amigo, que hacía tintinear las monedas en el bolsillo.

No se le había ocurrido que su hermana mayor, Hortense, tenía la misma edad que Adrienne y que podría sacarle provecho. Sólo cuando la sorprendió con Nicou, con las faldas remangadas hasta la cintura, por sentido de la justicia, reclamó el dinero.

—Veinticinco céntimos, más no—aceptó su amigo—. Con ella, no hay manera de llegar hasta el final. No sé qué le pasa, pero no te deja.

El sudor le resbalaba por la piel. La cara del doctor, en medio de su aureola, se iba haciendo más nítida, como en el cristal esmerilado de una cámara fotográfica cuando estás enfocando; una mano blanca accionó el disparador y, de repente, a ambos les dio en pleno rostro la cruda luz.

—Podemos volver ahí al lado.

Biguet llevaba una hoja gruesa, transparente, marcada con anchos trazos a lápiz azul. ¿Evitaba, aposta, mirar a Maugin, o no sentía ya curiosidad por su aspecto exterior, tras el examen que acababa de efectuar?

Le dejó que se vistiera, mientras él se sentaba ante su escritorio, bajo la lámpara, buscaba una regla, y seguía haciendo trazos.

—¿Malo?

Levantó por fin la cabeza hacia el actor, que se mantenía de pie ante él, monumental, como todo el mundo le conocía, con su cara ancha, sus rasgos de emperador romano, aquellos ojazos capaces de fulminarte que parecían dejar caer por hastío una mirada inmóvil, y su mueca, por último, que recordaba a un tiempo a un dogo agresivo y a un niño afligido.

—En el corazón no hay lesión alguna.

Ésa era la buena noticia. ¿Y la mala?

—La aorta, aunque algo hinchada, conserva bastante flexibilidad.

—Así que no tengo angina de pecho.

—De momento no. El electrocardiograma lo confirmará. —Y en voz alta, sin esforzarse en fingir indiferencia, añadió—: Tiene usted cincuenta y nueve años, Maugin. Eso me ha dicho hace un momento. Pero lo que yo he visto es un corazón de setenta y cinco.

No sonó, sólo fue una burbuja en la garganta de Maugin, que no se inmutó, no se estremeció, permaneció exactamente igual.

—Ya entiendo.

—Piense que un hombre de setenta y cinco años tiene aún tiempo por delante, a veces mucho tiempo.

—Ya lo sé. De tarde en tarde sale la foto de un centenario en el periódico.

Biguet le miraba muy serio, sin falsa conmiseración.

—En otras palabras, puedo vivir, a condición de ser prudente.

—Sí.

—Y de no caer en excesos.

—De no vivir a una velocidad de vértigo.

—De tomar precauciones.

—Algunas.

—¿Es el régimen que me receta? Ni mujeres, ni tabaco, ni alcohol. ¿Y supongo que demasiado trabajo tampoco, ni emociones?

—Yo no le prescribo ningún régimen. Mire aquí el contorno de su corazón. Esta bolsa es el ventrículo izquierdo, y véalo aquí, en rojo, como debería ser a su edad. Es usted un hombre asombroso, Maugin.

—¿Ni píldoras ni medicinas?

Las cortinas, en las ventanas, debían de ser gruesas, porque no dejaban pasar nada de la vida exterior, y ni siquiera se adivinaba que París al otro lado era un hervidero.

—Tiene cinco películas pendientes de rodar, y la obra que está representando hasta el quince de marzo. ¿Qué podría cambiar en su modo de vida?

—¡Nada!

—Por mi parte, lo que está en mi poder es evitarle el dolor o los inconvenientes de los espasmos. —Iba garabateando una fórmula en un bloc, arrancó la hoja y se la tendió—. ¿No le parece que ya se ha tomado suficientemente la revancha?

Le había entendido. También el doctor había tenido que tomarse la suya, pero probablemente se consideró ya liberado el día en que, con veintiocho años, fue el catedrático de medicina más joven.

¿Qué les quedaba por decirse? Ninguno de los dos quería mirar el reloj. Maugin no podía preguntarle al doctor cuánto le debía. La cena estaba esperando al otro lado de las robustas y bien engrasadas puertas, y quizá la cocinera se estaba impacientando ante un asado que estaría demasiado hecho.

—Un hombre de setenta y cinco años no es necesariamente un hombre acabado.

Era mejor marcharse. Iban a verse obligados, tanto el uno como el otro, a decir frases banales.

—Le estoy muy agradecido, Biguet.

Era la primera vez que le llamaba así, y le resultaba más difícil que a su interlocutor llamarle Maugin, quizá porque la gente estaba acostumbrada a ver en los periódicos y en los carteles el apellido, a secas, del actor.

Un apretón de manos sin insistencia, casi brusco, por pudor, por decencia.

—No dude nunca en telefonearme.

No le proponía encontrarse en otro plan, recibirle a cenar, por ejemplo. Mucho mejor así.

En el umbral de la puerta, se limitó a darle una palmada en la espalda diciéndole:

—¡Es usted un gran tipo, Maugin!

No se detuvo a ver la pesada silueta dirigirse hacia el ascensor, pulsar el botón de llamada, igual de solo, de pronto, en aquel pasillo de un edificio del boulevard Haussmann, que en el desierto opresivo de los espacios planetarios.

Una mano húmeda, poco más tarde, giraba el picaporte del bar de la rue de Courcelles, y el dueño, tras la barra, esforzándose por no parecer sorprendido, se apresuraba a decir:

—¿Un tinto, señor Maugin?

Se quedó la botella después de servirle, como si conociera sus costumbres, cuando en realidad el actor había entrado en su establecimiento por primera vez aquel día. Maugin se quedó mirando fijamente aquella botella.

No se había dado cuenta de si había parado de llover, pero el paño de su abrigo estaba lleno de gotitas. No le había dado tiempo a cenar. No le daría ya tiempo. Los primeros espectadores debían de empezar a buscar su asiento en las filas aún vacías del teatro, en el que sus voces resonaban.

—¿Otro?

Levantó la vista hacia el hombre de cara con cuperosis, azulada, un campesino también, que debió de venir a París de cochero o de criado.

Se leía en sus ojos una especie de familiaridad, de complicidad. Era feo. Tenía una expresión innoble. Se le notaba de lo más orgulloso de ser quien era, de estar allí, con la botella en la mano, sirviéndole vino al gran Maugin, que tenía la mirada turbia.

«¡Eh!—exclamaría al poco, apenas se cerrara la puerta—. ¡Ya le habéis visto! Es él, claro que sí. Él es así. Todas las noches es lo mismo. La gente, en el patio de butacas, no se da cuenta. Según parece, no puede actuar si no es así».

Maugin apretó el puño sobre el mostrador de cinc; lo apretó tan fuerte que los nudillos se le pusieron blancos, porque esa mano estaba tentada de arrancarle al tipo la botella de las manos y estampársela en la cabeza.

Ya le había pasado, una vez. Puso a la policía en un compromiso. El joven Jouve, su secretario, recorrió las salas de redacción de los periódicos para evitar que trascendiera el incidente.

El vinatero se preguntaba por qué se quedaría así, inmóvil, mirando fijamente al vacío, respirando con fuerza, y lanzó un suspiro de alivio cuando le vio apurar el vaso de un trago, después el segundo vaso, y alargárselo luego otra vez.

—¿Está bueno?

¡Ni siquiera esa pregunta, acompañada de una viscosa sonrisa, le ahorraba!

Bebió el tercer vaso cerrando los ojos. Y un cuarto, y sólo entonces se enderezó cuan largo era, sacó pecho, hinchó las mejillas y volvió a ser el que todos estaban acostumbrados a ver.

Contempló alrededor las caras que flotaban en la bruma, y esbozó aquella mueca, su famosa mueca, a la vez feroz y lastimera, que acabó produciendo su efecto, y les hizo reír como hacía reír al público, con una risa nerviosa, como quien ha pasado algo de miedo.

No olvidó nada de la leyenda, ni siquiera su avaricia, y como para darles gusto y dejarlos satisfechos, sacó del bolsillo las monedas una a una y fue contándolas como si se separara de ellas con pena.

La gotita turbia que temblaba en sus pestañas cuando, hacía un momento, irguió la cabeza, había tenido tiempo de secarse sin que nadie reparara en ella.

Con voz tonante, como en escena, al llegar a la esquina gritó:

—¡Taxi!

Un taxista que bebía calvados en un rincón agarró su gorra precipitadamente.

—¡A sus órdenes, señor Maugin!

Seguía lloviendo. Iba completamente solo, en medio de la oscuridad, en el fondo del taxi, y las ventanillas deformaban las luces, arrancándoles rayos puntiagudos que se entrecruzaban, flechas, a veces haces de estrellas.

En todas las columnas publicitarias Morris veía las grandes letras negras de los carteles empapadas: «Maugin»... «Maugin»... Y en la siguiente, otra vez «Maugin». «Maugin», en letras más grandes, en una valla.

Y por último «Maugin», en letras luminosas, en la marquesina del teatro.

—Su correo, señor Maugin...—le dijo el conserje en la entrada de los artistas.

—Buenas noches, señor Maugin...—le saludó atentamente el regidor.

Las muchachitas que interpretaban a las mecanógrafas en la tercera escena se apartaban y le seguían con la vista.

—Buenas noches, señor Maugin…

El joven Béhar, con su larga melena, recién salido del conservatorio, y al que sus tres réplicas hacían temblar cada vez que aparecía en escena, le saludó con emoción:

—Buenas noches, señor Maugin…

Maria, la encargada de su vestuario, no le dio las buenas noches, fingía no mirarle, seguía arreglando el camerino, sin fijar la vista en él más que a través del espejo, cuando él se sentó ante su mesa a maquillarse.

—Pues sí que viene guapo. ¿Por dónde andaba haraganeando hoy?

Tenían la misma edad y se pasaban el tiempo regañando como dos colegiales. De cuando en cuando él la ponía en la calle, contrataba a otra encargada del vestuario, aguantaba tres o cuatro días, y cuando ya estaba harto de poner cara larga, mandaba a Jouve a casa de Maria con el encargo de traerla fuera como fuera.

—El señor Cadot vino hace un momento. No se podía esperar, porque tiene la mujer enferma. Parece que, esta vez, es grave. Intentará venir a verle al acabar la función.

Con los dedos untados en crema blanca, se masajeaba lentamente el rostro, y sus ojos miraban fijos a sus ojos en el espejo.

Tres, cuatro veces salió a saludar, de mal humor, deseando poner pronto fin a aquella servidumbre, y el público, al que habría desconcertado verle sonreír, arreciaba aún más en el ruido con los pies. Como cada noche, fue a buscar a Lydia Nerval, y su gesto para atribuirle parte de los aplausos parecía más bien una parodia casi cínica del gesto consagrado.

¿Por qué fingir? Los espectadores, ¿estaban allí por ella o por él? Era una mujercilla de lo más insignificante, un fastidio, con tanto agitarse y revolverse, alzar bien alta la voz, y creer que ya había triunfado. Intentó encandilarle, al principio. Una vez en que le atrajo a su camerino, le planteó abiertamente la cuestión:

—Así que, ¿vamos?

Y como él adoptara su aire obtuso, lo que la gente llamaba su cara de elefante, preguntó:

—¿Es que no te gusto, Émile?

Él se puso a juguetear con el pezón como habría podido jugar con una borla de cortina.

—¡Tienes la carne fofa, pequeña!

Desde aquel incidente, ella no volvió a dirigirle la palabra salvo en escena, y, cuando caía el telón, se ignoraban.

—¡Le están esperando a la puerta de su camerino, señor Émile!

Eso era al acabar el segundo acto, que pasaba en el penal. Él llevaba el uniforme de rayas, y una peluca de cabeza al rape resaltaba sus rasgos, que parecían tallados en una madera demasiado dura. «¡No se han entretenido mucho en pulirlo!», había dicho un gracioso.

—¡Le están esperando, señor Émile!

—Ya lo sé, chico.

Todos los días la misma cantinela. La gente tamborileaba ya en la puerta metálica que comunicaba con la sala, y alguno acabaría abriéndola. Todos tenían tarjetas de visita impresionantes, eran alguien de importancia en provincias o en el extranjero, pues la mayoría de parisinos ya habían desfilado por allí hacía tiempo.

Bajó por la escalera de caracol, reconoció a Cadot, que le esperaba ansiosamente a la puerta de su camerino y que abrió la boca al verle aproximarse. Maugin le detuvo a la vez con el gesto y con la voz:

—¡Un momento!

Entró, cerró con llave la puerta tras de sí, y dijo, sin buscar con la vista a Maria, sabiendo que estaba allí:

—¡La botella!

Igual de poco amable que él, ella fue a buscar el coñac en el armario, y se lo alargó con gesto de asco. No necesitaba copa, y ella lo sabía. Él no se andaba con miramientos ante ella, al contrario, parecía que lo hiciera expresamente, bebía a morro, del modo más grosero, casi obsceno, para darle bascas y oírla refunfuñar: «¡Qué vergüenza, tener que ver esto!».

Esa noche, añadió:

—A mi marido lo mató eso, pero él tenía al menos la excusa de trabajar todo el día en el Mercado Central de Vinos.

Al principio, y durante unos meses, Maugin se las ingeniaba para esconder el frasco, que necesitaba ya desde el segundo entreacto, y a veces ya en el primero. Lo había guardado en todos los rincones, no sólo del camerino, sino también en el sótano, en los bolsillos de su ropa de calle o de escena, entre la ropa interior de los cajones, en la papelera y hasta en el aplique exterior del ventanuco que daba a un callejón sin salida, y para beber se esperaba a estar tras la cortina que dividía el camerino en dos, evitando el ruido del tapón y los gluglús.

Pronto empezó a encontrarse la botella, todas las noches, bien a la vista, encima de su mesa de maquillaje. Hacía como que no se daba cuenta, y Maria había sido la primera en decidirse a mencionarlo.

—¿Va usted a seguir jugando al escondite, como un chiquillo? ¡Como si fuéramos tontos, los dos!

Ya habían llamado varias veces a la puerta, discretamente. Alguien intentaba abrirla. Se echó otro trago al coleto, y alargó la botella sin decir nada, al vacío. Maria no ignoraba lo que eso quería decir, y la escondió mientras él se echaba por encima un albornoz manchado de potingues.

—¡Abre!

No eran más que cuatro o cinco, dos de esmoquin y una mujer en traje de noche. Sin mirarlos, Maugin se fue quitando la peluca y procedió a maquillarse de nuevo, asintiendo mecánicamente con la cabeza a los habituales cumplidos.

Cadot seguía allí, en el estrecho pasillo, esperando que los visitantes se fueran, y Maugin le lanzaba de vez en cuando una mirada de curiosidad.

Cien veces intentó decirles a todos aquellos que invadían el camerino con cara de visitantes de un museo: «¡Señoras y señores, me están ustedes jorobando! Acabo de interpretar dos actos, y me queda otro, especialmente duro, por interpretar. Cuando se decidan de una puñetera vez a dejarme en paz, tendré el tiempo justo de ponerme la chaqueta con la que van a verme a continuación y Maria me estrangulará una vez más al hacerme el nudo de la corbata».

Mientras fingía escucharlos, pensaba montones de cosas como ésta: «¿Han cenado bien? ¡Cuánto me alegro! Yo no. Yo no he cenado en absoluto. He ido a ver a Biguet. El famoso Biguet, sí, el profesor. Le conocen de oídas, ¿verdad? Un hombre célebre, también, en efecto. Pero a él no van a mirarle por debajo de la nariz para ver de qué está hecho en la vida real, ni a pedirle autógrafos. A él se le piden cardiogramas. ¡Sí, señooores! *¡Car-di-o-gra-mas!* Con una hermosa bolsa fláccida a guisa de ventrículo izquierdo».

Cadot se ponía de puntillas para ver por encima de los hombros, nervioso, impaciente, ¡con la cara de monaguillo más conseguida que Maugin había visto en su vida!

«¡No te pongas nervioso, hijo! ¡Ya te llegará la vez y te pintarán cosas en el pecho, con el lápiz azul!».

Un mes antes, cuando aquel mismo Cadot salía de su camerino, Maugin le preguntó a Maria, con una seriedad que la sorprendió:

—¿Había usted visto ya alguna vez más perfecta pinta de idiota?

—Yo le encuentro amable, bien educado, sin duda demasiado bien educado para usted, ¿es eso lo que le preocupa?

Estuvo a punto de decirle de todo. Pero ¿para qué?

Algunos se iban yendo, con muchos saludos, y él sacudía la cabeza, y decía, adoptando la compunción mecánica de un mendigo al recibir la limosna:

—Gracias, señor. Gracias, señora.

Y luego les dedicaba una forzada sonrisa. ¡Anda! Al echar un vistazo a la tarjeta depositada ante él, se enteraba de que quien acababa de salir así era el alcalde de una capital extranjera. ¿Y los demás? ¡Siempre la misma estupidez!

—Gracias, señor. Gracias, señor.

Se tenía que contener para no decir: «¡Mi buen señor!».

Le urgía echar un trago, e hizo dar con la puerta en las narices a Cadot.

—¡La botella!

—Pero ¿qué le pasa esta noche?

—¡Esta noche, mi buena Maria, cumplo setenta y cinco años!

—Pues sí que vamos bien.

—No, no vamos bien. Y ahora ayúdame a quedarme en pelotas.

Usaba expresamente términos que la molestaran. Llamaban tímidamente a la puerta.

—¿No quiere que le haga entrar?

—¿Para que me hable de su mujer enferma? Si por lo menos hiciera un esfuerzo por resultar interesante inventando historias nuevas. ¿Cuántas veces ha sacado a relucir a su mujer enferma? ¿Cinco? ¿Seis?

—No es culpa suya. No todo el mundo tiene la suerte de ser de piedra.

—¡Eso es verdad! Pásame la botella.

—Y, además, la última vez no estaba enferma. Estaba a punto de dar a luz.

—¡Por quinta vez en seis años!

—¿Es que también querría tener el monopolio de hacer hijos?

Entonces, de pronto, se le encendió la cara, se enfadó de veras, y ella retrocedió asustada.

—Yo no pretendo ningún monopolio, ¿me oye? Y en cuanto a los hijos, ¡eso es asunto mío! ¡Mío! *¡Mío!* Y si quiere saberlo, *señora* Pinchard...—Guardó silencio, la miró por el rabillo del ojo, y se miró del mismo modo en el espejo—: ¡La corbata!

—¿Qué decía?

—No decía nada. Pásame la botella.

—Si se empeña de todas todas en hacerse daño...

—¡Ya está hecho! Gracias de todos modos.

Había bebido cuatro veces más que las demás noches, le

faltaba el resuello y le brillaban los ojos. Oía sonar el tercer timbre, pero él no salía a escena hasta unos minutos después de alzarse el telón. Lo que le exasperaba era aquella especie de arañazo humilde en su puerta.

Los ojos de Maria preguntaban:

—¿Abro?

Y quizá sólo por ella no pronunciaba la palabra, y seguía en sus trece, con mirada maligna, sin dejar de cepillarse la chistera *huit reflets*, con el revés de la manga.

El tercer acto había empezado. Las carcajadas del público les llegaban a oleadas. Eran las únicas de toda la obra que no provocaba él, y siempre hacía muecas de burla.

—Ahora va usted.

—¿Es que me vas a hacer de apuntador?

—En el estado en que se encuentra, no estaría de más.

Abrió la puerta bruscamente, y Cadot, que se apoyaba en ella, estuvo a punto de caerse de bruces.

—¿Estabas escuchando?

—Le juro, señor Maugin…

—Ya jurarás luego. Déjame pasar.

Dos veces, por el pasillo, se volvió a mirarle, y cuando salió a escena, empuñando el bastón y con el clavel en el ojal, iba aún rezongando:

—¡Cara de idiota!

El público, incondicional, estallaba en aplausos.

—¿Se ha pasado todo el tiempo en el pasillo? Confiesa que le has hecho pasar.

—No he tenido que molestarme, porque, en vez de perder el tiempo aquí, se ha ido corriendo al hospital.

—¿A qué hospital?

—Ni idea.

Por un instante, se imaginó a Cadot, corriendo bajo la lluvia por la calle a oscuras, sorteando, jadeante, los coches.

Luego, fue situando mentalmente los distintos hospitales de la ciudad.

—No ha tenido tiempo de ir al hospital más próximo y volver, a no ser que haya cogido un taxi.

—No ha cogido ningún taxi.

—Lo más probable.

Porque no era hombre de coger taxis, porque ni se le ocurriría, porque ese tipo de personas antes esperarían el autobús media hora bajo un farol.

—A lo mejor me equivoco y me ha dicho que iba a telefonear al hospital.

Siempre le hacían trampas. Siempre intentaban quedarse con él.

—Hazle pasar.

Ella se apresuró a abrir la puerta antes de que cambiara de opinión.

—Le pido disculpas por mi insistencia, señor Maugin…

—De acuerdo. Siéntate.

Maugin le miró sentarse con el extremo del trasero en el borde de la silla, se encogió de hombros y se frotó la cara con una toalla.

—Viviane…

—Un momento…

—Es que…

—¡He dicho que un momento! Tienes prisa, ¿verdad? Todo el mundo tiene prisa. Maria también tiene prisa por volver a su casa, para dar de comer a sus gatos. ¡Pero que yo, yo, tenga prisa o no, les tiene a todos sin cuidado!

—Le pido que me disculpe, señor Maugin.

Maugin se contenía para no darle de bofetadas. Seguía

preguntándose, al cabo de los años, si era un vicioso o un auténtico imbécil.

—¿Has visto a tu madre?

¿Por qué esa pregunta hacía ruborizarse al joven?

—¿Está en el hospital, acompañando a tu mujer?

—No, señor Maugin.

—¿No sabes decir nada más que señor Maugin?

—Perdón, señor.

—¿Qué cuenta tu madre?

—No cuenta nada. Tampoco está bien. Son las varices.

—¿No te ha dado ningún encargo para mí?

—No, señor. Es decir…

—¡Habla!

—Está usted de mal humor, esta noche, y temo…

—¡Oye, chico! ¿Es que has venido aquí, a *mi* camerino, para juzgar mi humor?

—No he querido decir eso. Me he expresado mal.

Maugin estaba seguro de que Maria, a sus espaldas, lanzaba miradas de ánimo al muchacho.

—Conque tu madre, ¿qué?

—Me ha encargado que le diga que, por el amor de Dios…

—¡Para empezar, que deje en paz a Dios bendito! Ya debe de estar harto de verse meter en todos los fregados. Sigue.

—Esta vez sí es grave, señor Maugin.

—¿Qué es lo que es grave?

—Viviane… El doctor asegura que probablemente habrá que extirparle los ovarios…

—¡Basta! Me horroriza oír hablar de esas guarradas.

Era verdad. Lo cierto es que no interpretaba un papel. No lo interpretaba nunca totalmente, ni siquiera en escena, ni siquiera en la pantalla. No había sido capaz en toda su vida de oír hablar, sin que se le pusieran los nervios de punta, de ciertas operaciones, de ciertos órganos, sobre todo femeninos.

Las cuestiones relativas al parto le repugnaban en el sentido estricto del término, y Cadot siempre las tenía en la boca, insistía como por gusto.

Una noche Maugin le había dicho a Maria:

—¿No te parece que huele a caca de bebé?

—¿Y la niña de usted a qué huele?

Frunció el ceño y no insistió.

—¡Mi sombrero!

—No se olvide de que pasado mañana hay matinal.

Eso quería decir que era jueves, y que había pasado casi otra semana.

—¡Tú, vente conmigo!

Era uno de los últimos en salir del teatro, porque permanecía en escena hasta que bajaba el telón, y le llevaba tiempo desmaquillarse y cambiarse. El abrigo estaba aún húmedo, y el callejón, que partía de la conserjería, estaba lleno de charcos en los que Cadot chapoteaba denodadamente para no perder el paso.

—¿Nunca te has hecho una pregunta, chico?

—¿Qué pregunta?

Maugin tuvo un escalofrío, al impactarle la corriente de aire de la calle, y divisó un bar tipo tasca, justo enfrente.

—Entremos aquí.

—Es que…

—Ya lo sé. Tienes prisa. Yo también. ¡Y mucha más de la que puedas imaginarte!

De día el blanco fácil de sus burlas era Adrien Jouve, su secretario, al que llamaba irónicamente «señor Jouve». Él también era un muchacho bien educado y siempre tembloroso de celo.

«¡Es usted un cretino, señor Jouve!».

Quizá alguien como Biguet lo entendería. Eran demasiado finos, demasiado bien educados. Se creían, o aparentaban creérselo, todo lo que les intentaban meter en la cabeza. Monaguillos, ésa era la palabra. Estaban de lo más satisfechos de sí mismos, seguros de seguir el buen camino, de ser hombres modélicos, como para pegarlos en un álbum de cromos.

Cadot, a los treinta y tres años, era empleado del Crédit Lyonnais, en una sucursal que parecía abierta expresamente para él, al final del barrio Popincourt, enfrente del cementerio del Père-Lachaise.

Había conocido, sabe Dios dónde, a Viviane, una muchachita enfermiza, con un ojo que bizqueaba levemente, que le daba un niño cada año y engullía más medicinas que carne roja.

—¿Cuántos hijos tienes exactamente?

—Cinco, señor.

—¡Dos tintos, camarero!

—Gracias. Para mí no.

—He dicho dos tintos, en vasos grandes.

Bebía coñac en el teatro porque hace el mismo efecto con menos cantidad. Se sentía ya mejor tras el áspero contacto del vino en la lengua, en la garganta.

—¡Bebe!

¿Era realmente maldad? Si Cadot no sabía nada, quizá sí, pero si lo sabía, entonces Cadot era un pequeño sinvergüenza.

Maugin no se había atrevido nunca a preguntárselo. Y, por otra parte, no serviría de nada, porque el otro le mentiría de todas todas. Ya le había mentido otras veces (mentirijillas vergonzantes por pequeñas sumas). Primero, durante un tiempo, fue la casita de Bécon-les-Bruyères, «que permitiría al matrimonio ahorrar un poco y liberarse de sus deudas».

«¡Sólo con que pudiera dar cierta cantidad de una vez!».

Luego, las reparaciones: el tejado, las cañerías defectuosas, la necesidad de pavimentar el patio, pues el agua estancada se estaba convirtiendo en un peligro para la salud de Viviane y de los niños.

Luego, de pronto, Cadot anunció que había vendido la casita, «para pagar los gastos, mucho más imperiosos, del hospital».

Detrás de todo aquello, se perfilaba, negra y menuda como la sillera en una iglesia pobre, con su andar silencioso que parecía que iba en zapatillas, Juliette Cadot y el olor a enaguas de que impregnaba la vivienda de la rue Caulaincourt.

De no haber sido por una casualidad, habría llegado a convertirse en la señora Maugin. Y el cretino que hacía esfuerzos por beber sin atragantarse, se llamaría Maugin, en vez de Cadot.

Era su hijo. Con toda probabilidad. Era más que probable, incluso, porque tanto el uno como el otro tenían una nariz que no se ve a diario por la calle, con la diferencia de que, en el chico, esa nariz estaba pegada en la cara inconsistente de su madre.

¿Cómo podía explicarle a Maria que hasta las tripas se le retorcían al ver al inevitable Cadot? El cual no se achantaba ante nada. Una noche que Maugin lo plantó en la puerta de su camerino, se lo encontró una hora después en el umbral de su casa, en la avenue George V.

Era igualito que su madre. Ambos pertenecían a esa clase de personas a las que te hartas de darles puntapiés en el trasero, porque no reaccionan.

—Dentro de una hora, señor Maugin...

Eran las doce de la noche. El café era lúgubre, con aquellos goterones de agua que caían del toldo, fuera, formando una cortina, y el serrín mojado en el suelo, y unos cuantos clientes alelados a los que aquella luz cruda daba un aspecto mortecino.

Dentro de una hora, ¿qué? ¿Que operaban a Viviane? ¿Que no la operaban? Yendo al grano, habría podido preguntar: «¿Cuánto?».

Porque, a fin de cuentas, aquello se traducía en cifras. Pagar o no pagar. Pagaba una vez sí y otra no. Las veces que no pagaba le costaba varios días de no poder descolgar el teléfono sin oír la voz de Juliette.

Había llegado a perseguirle hasta en los estudios, en plan «viuda pobre pero digna» vestida de luto. Delante de la gente bajaba la vista y le llamaba señor Maugin. Luego, cuando estaban solos, se le llenaban los ojos de lágrimas, como nunca la había visto conseguirlo en el teatro, posaba una mano seca en su brazo y murmuraba contemplándole a través de las lágrimas:

—¡Émile!

Se lo había contado todo al chaval, no había otra explicación. ¡Bien se preocupó de ponerle de nombre Émile!

—¡Mierda!

—¿Cómo dice?

—Nada. Digo: ¡mierda!

—¿No quiere escucharme? Si cree que miento, acompáñeme al hospital. Podrá verla, y hablar con el médico. Él se lo dirá…

También a él se le saltaban las lágrimas mientras miraba con angustia el reloj de encima de la barra. Si era una interpretación, era una buena interpretación. Sentía cómo crecía su impaciencia, invadiéndole hasta la médula, aflojándole las piernas, haciéndole temblar las rodillas.

—Otros dos de lo mismo, camarero.

—¡Se lo suplico!

Maugin creía oír la voz de Juliette explicándole al chico:

«Ese hombre, ya ves, es tu padre. No siempre fue rico y célebre. Hubo un tiempo en que, como no tenía donde cobi-
jarse, entraba sigilosamente en mi cuarto cada noche como
un ladrón». Durante ocho días exactamente. Era verdad.
«Yo era joven, ingenua y pura…». Era virgen, también era
verdad, pero su cuerpo tenía ya sabor de solterona o de
viuda.

La conoció en la imperial del ómnibus, en la época en
que había ómnibus en París, y él llevaba un terno de cuadros, zapatos amarillos puntiagudos y un canotier de fondo plano. ¿Conservaría ella la foto que se hicieron en la feria de Montmartre?

Él cantaba un número en un café cantante del boulevard Rochechouart, donde le pagaban con cervezas y bo-
cadillos. En cuanto a ella, trabajaba con una modista, en
la rue de Notre-Dame-de-Lorette, y compartía habitación
con una amiga.

—¡Planta a tu amiga en la puerta!

Era el doble de alto y ancho que ella, y por la calle, ella
se colgaba de su brazo con aire tierno, imitando las postales de la época.

Recordaba perfectamente su cuarto, en una especie de
pensión familiar donde tenía que entrar sin ser visto, y si no
salía antes de las seis de la mañana, debía pasarse allí todo
el día sin hacer ruido.

Por suerte, un empresario reclutaba artistas para una
gira por los Balcanes, una de esas giras que se dejan tiradas
en la carretera a las pocas semanas o meses, llevándose la
caja. Y él se marchó sin decir ni mu, ahorrándose los adio-
ses y las lágrimas.

Cuando volvió, dos años más tarde, su nombre en los
carteles—en letras pequeñas, abajo de todo—, era Alain
de Breuille.

Hizo falta tiempo—y arrestos, y pulmones—para llegar a ser Émile Maugin, primero, y finalmente Maugin a secas, y tiempo también para encontrarse a la puerta de su camerino, en un teatro del barrio de Ternes, a una buena señora de unos cuarenta años que iba de luto.

Él tenía cuarenta y tres años y encabezaba el cartel.

—¿No me reconoce, señor Maugin?

No la «reconocía» ni por asomo, y estaba totalmente dispuesto a firmarle el programa.

—¡Juliette!—exclamó ella con una emocionada sonrisa.

—Bien, sí. ¿Y? La escucho, señora.

—¡La rue Notre-Dame-de-Lorette!

—Sí...

—¡La pensión de la señora Vacher!

Retuvo a tiempo un «mierda» que acudía a sus labios, porque aquel nombre lo aclaraba por fin todo.

—No tema, señor Maugin. No vengo por mí. He sufrido mucho, pero adivino lo que debe de ser la vida de un artista.

Había sufrido tanto, por el desengaño de su gran amor, que, dos años después de su partida, se había casado con un tal Cadot, que tenía un buen puesto en la administración, con una pensión asegurada.

—Fue por el pequeño, ¿comprende? Cadot se portó muy bien. Enseguida se ofreció a reconocerle y darle su apellido.

Hablaba del niño como de un bebé, y era ya un chico de dieciocho años que «acababa de estrenarse en un banco y sus jefes estaban muy satisfechos».

—¡Me gustaría tanto que lo viera! Es su vivo retrato.

¿Y él, el original, acaso estaba muerto?

Al día siguiente, allí estaba, con el muchacho, en primera fila, y fue a presentárselo en el entreacto. Cadot había muerto, dejándole la famosa pensión a su mujer.

—El señor Maugin es un amigo de la infancia, Émile.

¿Verdad, señor Maugin? No te extrañe si a veces me olvido de adónde ha llegado y le llamo Émile. Me conoce desde pequeña.

¡La muy zorra!

—Estoy segura de que se interesará por ti y hará cuanto pueda por ayudarte en la vida.

Y el muy memo recitando:

—Se lo agradezco por adelantado, señor Maugin, y me esforzaré, por mi parte, en merecer tal favor.

Le compró un reloj para empezar, porque «le daba tanto miedo llegar tarde a la oficina que no perdía tiempo ni en comer».

¡Ejem, ejem! Mientras tanto, el mocito había criado. Y seguiría criando si, dentro de un rato, el médico no se decidía a extirparle los ovarios a Viviane.

¡Lo que debían de carcajearse los dos, madre e hijo, cuando estaban a solas en aquella casa piojosa de la rue Caulaincourt, a puerta cerrada y con las cortinas corridas! Porque seguro que echaban las cortinas, por temor a que los vecinos de enfrente los vieran tronchándose de risa. Esa gente, en público, nunca se ríen. En el mejor de los casos, esbozan una sonrisa apesadumbrada.

¿Me equivoco, señor hijo mío?

—¡Bebe!

—Yo...

Casi le incrusta el vaso en la mano, hipnotizándolo con la mirada.

—¡Por piedad...!

—¡Camarero! ¡Dos de lo mismo!

Le miraba furioso, y bien que lo sabía, porque se veía en el espejo, como también sabía que la maldad le rondaba, porque se sentía mal, porque toda la noche se había sentido mal. No a causa del corazón. Ni del pecho. Aunque sentía el dolor en la carne también, y en todas partes, y en lo más hondo de su ser.

¿Qué dirían todos, todas esas larvas que esperaban Dios sabe qué, saboreando su consumición y mirando al vacío, qué dirían si se sentara en el suelo, sobre el serrín, o bajo la lluvia en el bordillo de la acera, lanzando el gran grito de fastidio que llevaba tanto tiempo conteniendo, o un rebuzno, como el asno que era?

—Estoy cansado. Can-sa-do, ¿comprenden?

Cansado como para morirse de cansancio. Cansado de ser un hombre. Cansado de mantenerse en pie. Cansado de ver y oír a personas como Cadot, y encima tener que cargar con ellas.

¿Acaso dudaban ellos en hacerle daño? ¿Acaso alguien había tenido nunca compasión de él? ¿Le habían visto ir a pedir cortésmente ayuda a quienquiera que fuese?

—¡Mi mujer está enferma, mi querido señor!

Él había tenido mujeres, había tenido incluso tres, sin contar aquella chinche de Juliette, y la última estaba esperándole en su cama.

Le sorprendió, de pronto, cuando miraba fijamente al espejo doble de detrás de las botellas, pensar que había alguien en su cama, alguien ajeno a él, que dormía, transpiraba, respiraba entre sus sábanas.

—¡Bebe, por los clavos de Cristo!

Habitualmente, paraba bastante antes. Fue en el teatro donde, sin darse cuenta, se había descontrolado con el coñac. Empezaba a tambalearse, y era consciente de que todo el mundo lo miraba, de que todo el mundo miraba con desprecio—o con lástima, lo cual era peor—cómo el gran Maugin cogía una buena trompa.

—Voy a decirte una cosa, jovencito…

—Sí, señor.

—¡Eres un cochino sinvergüenza, y me cago en ti! ¡Paga, chico!

Ya en la calle, oyó unos pasos tras él y quizá habría echado a correr de no ser por un taxi a la caza de clientes que se detuvo oportunamente. Sucedió como en sueños, como en una escena de película minuciosamente planeada. Tuvo justo el tiempo de darle con la portezuela en las narices a Cadot, que se quedó con cara de atontado.

—¿Adónde le llevo, señor Maugin?

El taxista le conocía. Todo el mundo le conocía.

—A donde le plazca. ¡A cualquier sitio! ¡A ninguna parte!

Y, en el acto, aquellas últimas palabras le parecieron sublimes.

—¡A cualquier sitio! ¡A ninguna parte!

Las seguía repitiendo a media voz, rumiándolas, a solas en su húmedo rincón, como si iluminaran por fin el doloroso misterio del mundo.

3

Alguien le tocaba en el hombro. Una voz repetía por tercera o cuarta vez, cada una con más insistencia:

—Señor, son las siete.

Él había oído el clic del interruptor y era consciente de la oscuridad de fuera, del invierno, del oasis de luz viscosa y almibarada y de calor que constituía su habitación. Percibía el olor del café que Camille, de pie junto a la cama, le tendía en una bandeja, pero se negaba aún a remontar del todo a la superficie, por miedo a lo que le esperaba, y se esforzaba al contrario por nadar hacia las profundidades tibias y oscuras que olían a su propio sudor.

¿No podría ponerse enfermo, y llamar a Biguet, por ejemplo, que le extendería la baja para el estudio? Maugin no lo iba a hacer, ya lo sabía. No lo había hecho nunca. Rezongaba, se hacía el remolón, y aun así era siempre el primero en el plató, y no le quedaba más remedio que aguardar a los actorcillos rezagados.

Intentaba oír si aún llovía, y luego, sin abrir todavía los ojos, alargó el brazo en la cama inmensa, que palpó sin encontrar, en el lado de Alice, más que un hueco frío. Para asegurarse de no haberlo soñado, buscó el sitio en que deberían estar las almohadas de su mujer, y no encontró nada.

No había sido un sueño. Y tendría que hacer frente a otras realidades más desagradables que ésas, tan desagradables que, del miedo, se sentía realmente enfermo.

—Señor...

Y entonces, en su cara blanca como la cal y con los ras-

43

gos hinchados, apareció al instante su expresión amarga, arisca, de todas las mañanas.

—Son las siete. Ya lo sé. ¿Y qué?

Ésa era también su voz, más rasposa que nunca. Sabía que estaba feo, repugnante, con su pelo ralo pegado a la piel húmeda y un aliento que apestaba. Se incorporó con dificultad, sentándose recostado en las almohadas y lanzándole una mirada desconfiada a Camille, que le sonreía.

¿Sabría lo que había pasado? ¿Habría notado la ausencia de las dos almohadas de Alice? ¿Le habría dicho algo ella? Tal vez, mientras él permanecía a resguardo en el círculo luminoso de su cuarto, muchas cosas habían cambiado ya en la casa.

La idea de que Alice pudiera haberse ido con la niña le aterró.

—¿Llueve?

No abrían los postigos antes de que fuera pleno día, y no oía nada.

—Sólo unas gotas, señor.

Se había acostado dos veces con ella y se lo había contado a su mujer. Alice no era celosa, no tenía motivos. La primera vez fue sin premeditación, Camille llevaba tres o cuatro días en la casa y él empezó a magrearla, para ver cómo reaccionaba, pero ella se rindió inmediatamente entre sus brazos, con la lengua apuntando ya. Gritaba de placer: «¡Amor mío! ¡Oh! Amor mío… ¡Oh…!».

—¿No se toma el café?

Dudó. Al sentarse en la cama se mareó y temió que el café le hiciera vomitar. Pensar en el vómito le recordaba algo, y de pronto volvió a verse de rodillas en el cuarto de baño, ante la taza del váter, salpicada. La había salpicado por todas partes. Y su ropa. ¿Habrían limpiado el cuarto de baño? ¿Quién?

44

Le daba rabia que Camille se comportara como todos los días, como si no hubiera pasado nada.

—¿Qué traje se va a poner, señor? Tiene el baño a punto.

Tuvo un ayuda de cámara en otro tiempo, pero se sentía más violento desnudándose delante de un hombre que delante de una mujer. Se sentía humillado.

—¿No quiere comer?

—No. Dame la bata.

La mirada que dirigía a las paredes, a los muebles, estaba cargada de resentimiento. Nunca pudo acostumbrarse al piso en el que vivía desde hacía cerca de veinte años. Aunque lo había elegido él, para deslumbrar a su segunda mujer. Su segunda mujer legítima. Consuelo. Él tenía entonces cuarenta años, y aunque no era todavía la gran estrella de la pantalla, sí era famoso en el teatro. ¡Y había estado a punto de elegir la avenue du Bois de Boulogne, en vez de la avenue George V!

Las habitaciones eran amplias, con buena sonoridad. Aunque se pusieran montones de muebles, y de objetos inútiles, siempre parecían vacías.

En la época de Consuelo, que era suramericana, todo estaba amueblado en estilo español antiguo, con montones de cosas procedentes de viejas iglesias, cantoneras doradas, reclinatorios, y sillas de coro como las de los canónigos en los oficios.

Algo quedaba, desperdigado. Había de todo, hasta baúles, y, en mitad del salón, encima de una alfombra de tonos descoloridos, un parquecito infantil procedente de los grandes almacenes del Louvre.

—¡El traje azul!—resolvió antes de cerrar la puerta del cuarto de baño.

Empezó por mirarse al espejo, y abrió el botiquín, donde guardaba una frasca de coñac. No era por gusto, ni por vicio, por lo que bebía a esas horas, sino porque le era indispensable si quería tenerse en pie. Qué mal sabía. Le abrasaba. Le dieron varias arcadas que le hicieron saltar las lágrimas, finalmente eructó y se sintió mejor, y se deslizó, instantes después, en la bañera.

—¿Puedo pasar, señor?

—¡Pasa!

—El señor Adrien pregunta si da su conformidad para la escena. Al parecer usted ya sabe lo que eso quiere decir, porque tiene que llamar al estudio para que sepan si la ruedan esta mañana o no.

—La rodamos.

Era un desafío. La historia duraba ya diez días, y tenía a todo el mundo harto, en los estudios de Buttes-Chaumont. La película estaba prácticamente terminada. Faltaba, además de los racords habituales, una escena de dos personajes sobre la cual no había modo de entenderse.

Él no quería oír hablar de la escena tal como figuraba en el guión y pretendían hacérsela rodar.

—O la interpreto como yo la entiendo o no la interpreto.

Sólo que cuando le preguntaron cómo pretendía interpretarla, no encontró nada concreto que responder.

—El texto no le va. Hay que buscar otra cosa.

—¿Qué?

—Mañana se lo digo.

Hacía ya una semana que lo iba dejando para el día siguiente, y que, a veces, en un rincón del estudio o en su camerino, ensayaba «su» escena, sin encontrar cómo salir del atolladero.

—¡Camille!

—Sí, señor.

—¿Está ya ahí la niñera?

Sabía que no, que no llegaba hasta las ocho, pero era una

manera indirecta de hablar de su mujer, o más bien de incitar a la chica a hablar de ella.

—No, señor. Todavía no.

Abrió la boca, y no preguntó más.

—Ah, bueno…

Consuelo se había casado, en Bruselas, con un riquísimo banquero, y se la veía a menudo por París, donde seguía vistiéndose, y cada vez más cargada de joyas. ¡Estupendo, se alegraba por ella! Lástima, solamente, que no se hubiera llevado todo aquel batiburrillo de trastos que le había hecho comprar, ni siquiera el arpa por la que se chifló durante dos semanas, y que seguía junto a una ventana del salón.

—Camille.

—Sí, señor.

—¿Mi secretario está ya telefoneando?

—Sí, señor. Está en el despacho del señor.

No la ofendía verle desnudo, en blanco y negro, en la bañera. Debía de tener un amante, tal vez varios, porque era más experimentada que una profesional. ¿Les contaría cómo era Maugin completamente desnudo? ¿Y cómo hacía el amor? ¿Y lo que le excitaba?

Seguía sin querer pensar en la noche. Tendría forzosamente que hacerlo, igual que había acabado por abrir los ojos, pero antes, debía recobrar el control.

—¡Camille!

—Señor.

—Pásame el guante de crin por la espalda.

Era el suplicio cotidiano de la doncella, porque había que frotar fuerte, cada vez más fuerte, hasta casi hacerlo sangrar. Como ella decía, le dejaba los brazos muertos.

—¿Ha dormido bien, Camille?

—Sí, señor. Gracias. Yo siempre duermo bien.

—¿Me oíste llegar?

—No, señor.

Esperaba saber, por ella, a qué hora volvió a casa. Debía de ser muy tarde, porque recordaba haber visto echar los postigos en la pequeña *boîte* de la rue de Presbourg. No se acordaba de haber ido, ni de haber bajado del taxi que cogió dejando a Cadot en la acera, pero conservaba una imagen bastante nítida de la *boîte* cerrando, y de los músicos saliendo a la vez que él.

Estaba imponente, en aquel momento. Se sentía grande, poderoso, una especie de superhombre, un super Maugin rodeado de respetuosos fieles. ¿Qué les dijo?

Se recordaba sentado en un alto taburete, en un ángulo de la barra, con la espalda apoyada en la pared, y la gente venía a hablar con él, a ponerle una copa en la mano; había grupos, en las mesas, con mujeres bonitas, y le invitaban a ir a sentarse, pero él no se movía, accedía sólo a hablar más alto, a lanzar algunas réplicas desde lejos, como habría hablado desde el escenario al público, como lo hacía antaño en el music-hall, cuando la tomaba con un espectador y provocaba un estallido de carcajadas.

Luego, volviéndose a Bob, el barman, dejaba caer, ladeando la boca en una mueca cínica:

—¡Imbéciles!

Después... ¡No! Ahora no. Era demasiado humillante, más repugnante que el sabor a vino que le subía hasta las fosas nasales y le obligaba otra vez a hacer gárgaras con un sorbo de alcohol.

Tenía un montón de problemas, pero lo primero de todo era saber qué había sido de Alice. Luego le tocaría a Viviane. En cuanto a lo que hubiera podido pasar en el Presbourg, no corría prisa. Le esperaban en el estudio, y rodaría su escena, esta mañana. Era indispensable. Era la única manera de ponerse en funcionamiento.

CAPÍTULO 3

—¡Camille!

—Sí, señor.

—Una corbata azul con lunares blancos.

Él no la atosigó, ni le dijo nada atrevido. Al verle bailar bajo la seda negra los músculos de las ancas, preguntó:

—¿Cómo te las compones para no quedarte embarazada?

—Como todo el mundo, señor. Tengo la suerte de que funciona. Toco madera.

—¡Camille!

—Señor.

—Túmbate.

—¿Así por las buenas, ahora?

—¡Así por las buenas! ¡Ahora!

Fue un arrebato, sabía muy bien por qué. No era lo que se dice bonito, tampoco. Era incluso bastante sucio, pero le purgaba.

Después, se notaba la cabeza más vacía, las piernas flojas, y en el pecho una sensación de vaguedad, pero se alegraba de haberlo hecho.

—¿Qué hora es?

—Las ocho menos cuarto.

—¿Está el coche en la puerta?

—Supongo, señor. ¿Quiere que lo mire?

No volvió a pensar en ella. Había elegido un traje azul con la americana cruzada, una camisa de seda blanca y una corbata de lunares. Con el tradicional sombrero hongo en la cabeza y unos restos de talco en las mejillas, abrió la puerta del cuarto de huéspedes que ahora era dormitorio infantil. Estaba al fondo del pasillo, en la otra punta del piso. Se limitó a entreabrir la puerta unos centímetros, y vio a Alice, de pie, vestida de blanco, sacando a la niña del baño.

Se la veía completamente fresca, con la bata de niñera que se ponía por las mañanas, y la pequeña volvió la

49

cabeza hacia él, esperando muy seria su sonrisa para responder a ella.

Él no se atrevió. No quería enfrentarse con la mirada de su mujer, ni ver si había llorado, o si aún lloraba. Se aclaró la garganta para exclamar con la mayor naturalidad posible:

—¡Hasta luego!

Un día u otro, haría falta una explicación. No sabía siquiera cómo había pasado. Había vuelto, y aún no podía explicarse cómo había podido meter la llave en la cerradura. Se había desnudado en medio del dormitorio, en el que Alice, despierta, le miraba sin rechistar, y había dejado tirada la ropa por todas partes.

Ella no le había hecho ningún reproche. No se los hacía nunca. Y era estupendo que hubiera entendido que no debía hacérselos. Y a esos reproches que no se atrevía a hacerle era precisamente a los que era más sensible, así como al hecho, por ejemplo, de que le dijera, con voz tranquila, sin rastro de las lágrimas que sin duda habría deseado verter:

—¿No quieres que te ayude?

—¡No!

Le daba rabia que siguiera acostada y le habría dado aún más que se levantara. Sabía que tenía miedo de que despertara a la pequeña, o de que fuera a su cuarto y le viera en ese estado, y como no se atrevía a advertírselo, él se enfurecía aún más, humillado.

Tenía la misma edad que la doncella, veintidós años, y cuando la conoció, no había cumplido los veinte. Estaba siguiendo, durante el día, los cursos del Conservatorio, y por la noche, en el teatro, era una de las pequeñas mecanógrafas del tercer acto, ninguna de las cuales tenía más de una o dos réplicas.

Tardó semanas en fijarse en ella, porque no formaba parte del primer reparto de la obra y había empezado sustituyendo a una compañera enferma. Lo que le llamó la atención fue su boca, que no se parecía a las demás bocas femeninas, no habría sabido decir por qué. Los labios eran casi igual de gruesos, con alguna cosa poco corriente en las comisuras que le daba a toda la fisonomía una expresión dulce y sumisa.

Una noche, le dio unas palmaditas en las nalgas, sin que ella se creyera obligada a rebelarse. Él la miraba con sus benévolos y grandes ojos, a la vez golosos y cándidos.

—¿Cenamos juntos, pequeña?

—Si de veras le apetece, señor Maugin…

—¿Es que a ti no te gustaría?

—No sé cómo explicárselo, señor Maugin. Me da miedo sobre todo que no resulte divertido para usted.

La llevó de todas formas, a un cabaret poco conocido de Montmartre, y pidió inmediatamente champán. Casi todas habían pasado por eso, tranquilamente, sin creerse autorizadas al día siguiente a tratarle con familiaridad.

—Ya le advertí que no sería agradable para usted, señor Maugin. Vale más que le diga cuanto antes que no habrá un «después». Ya entiende qué quiero decir. Estoy esperando un niño.

Al decirlo, sonreía con la mayor sencillez, pero los ojos se le humedecieron.

—No se me nota aún. No llega a los dos meses, que estoy embarazada.

—¿Y el padre?

—No sabe nada. No necesita saberlo. Sería demasiado largo de explicar. Es feliz como está. No tengo derecho a complicarle la vida.

—¿Y un niño, no complica la suya?

—Es distinto.

—Parece contenta.

—Lo estoy.

—¿Por tener un hijo de un hombre que…?

—Quizá por tener un hijo, nada más.

A él le horrorizaba el champán, y ella tampoco lo tocó, y rechazó sus cigarrillos.

—En mi estado, no.

Era como si jugara a la mujer embarazada, a la futura mamá, y era también la primera vez que Maugin se sentía desconcertado ante una mujer.

—Muy bien, a ese niño habrá que criarlo.

—Y alimentarlo. Y vestirlo…

En el teatro, no ganaba ni para comer una vez al día.

—¿Sigue viéndose con él?

—No.

—¿Por qué?

—No quiero que lo sepa.

—¿Sigue queriéndole?

—Menos, quizá. Es difícil de explicar.

Durante semanas, él estuvo jugando a dirigirle, incluso en escena, pequeñas señales que sólo ella entendería, y le consiguió un papel ínfimo en su película.

—¿Le interesa realmente llegar a ser actriz?

—No.

—Entonces, ¿por qué se metió en esto?

—Porque la vida me resultaba monótona en mi casa.

—¿Es de París?

—De Caen. Mi padre es farmacéutico.

Se acostumbró a buscarla con la vista en cuanto llegaba al teatro. Y le llevaba caramelos, a falta de buenos filetes, que le habrían hecho más beneficio, pero que no se atrevía a ofrecerle.

—Dígame, mi pequeña Alice. No sé si es porque estoy en el secreto, pero diría que empieza a notársele.

—Una compañera me lo ha dicho a mediodía.

—¿Y ahora qué?

—No lo sé.

¿Es que también ésta, maldita sea, interpretaba un papel?

—¿Si le prometiera no serle a usted…?—Era él quien se estaba poniendo colorado, quien tartamudeaba, quien, a sus cincuenta y siete años, parecía un memo colosal—. Creo que podríamos llegar a un acuerdo. Para salvar las apariencias, ¿comprende…? Así el niño tendría un apellido… Y en cuanto a usted…

Cadot, hace años, el que murió, el hombre de la pensión, ¿fue así como se portó? ¡Ay! No podía remediarlo. Llegaba incluso a mirar aquel vientre como si fuera el Santo Sacramento.

—Entonces, ¿sí?

Se casaron en el Ayuntamiento del distrito VIII, una mañana de junio, y salieron enseguida hacia la Costa Azul, donde él tenía que rodar una película. Luego, la dejó en un pueblecito de Provenza, donde dio a luz a mediados de invierno, y luego se reunió con él en París con la criatura.

La criatura era Baba, a quien esta mañana no se atrevió a sonreír porque, por la noche, había hecho sufrir a su madre.

Se había sentido indispuesto en el cuarto de baño y había procurado en vano amortiguar unos ruidos repugnantes. Se había limpiado lo mejor que había podido, y recordaba con una especie de vergüenza su cara en el espejo.

¿Le había hablado del joven Cadot a la mujer que le esperaba en la cama? Ése debía de ser el punto de partida. Cuando, ya pasado todo, en mañanas como ésta, se ponía a recapitular, acababa casi siempre encontrando el recorrido inconsciente de su pensamiento.

Había pensado en el otro Cadot, el falso padre.

Y en la rue de Presbourg, había hablado mucho, había hablado demasiado, en un tono despreocupado, a un tiempo irónico y altivo, lanzándole miradas de reojo al barman.

Dijo cosas estúpidas del tipo: «¡Un artista y un barman son como primos! ¡Tanto el uno como el otro viven de los vicios de la gente, y vaya si entienden de golfos!».

Pronunció esa palabra en voz bastante alta, para que los clientes lo oyeran, y recordaba vagamente que el dueño, un italiano bajito, ancho de hombros, intervino para evitar la trifulca. ¿Qué le dijo a aquel cliente bien trajeado, al que acompañaban dos mujeres, que se acercó de pronto a la barra y a quien se apresuró a llevarse a un rincón? Sin duda: «¡Vamos! ¡Vamos! ¡Ya conoce al señor Maugin, el gran actor, y no va usted a armar un escándalo! Cuando se pone en este estado...». Y quizá añadiera: «No está bien pegar a un hombre que...».

Había hablado también mal de las mujeres, asegurando que, por naturaleza, todas ellas no sueñan más que en ser viudas, estado para el que se sienten nacidas.

—¡Ahí están, en nuestra cama, esperando a que reventemos, para ocupar todo el sitio!

Allí estaba Alice, detrás de la puerta, en su cama, precisamente, y le avergonzaba presentarse así ante ella, tambaleándose, oliendo mal, viejo y enfermo.

Entonces, empujando la puerta con un gesto brusco, la había mirado de arriba abajo y había dicho, con voz gargajosa:

—¿Te has preguntado alguna vez qué haces en *mi* cama? —Una pausa, como en el teatro, y luego, dos tonos más bajo—: Yo me lo estoy planteando.

Se quedó de pie, esperando una réplica, unas lágrimas, una escena, que le habría calmado los nervios, pero, sencillamente, sin hacer ruido, ella se levantó, cogió sus dos almohadas y se dirigió a la puerta.

Sin decir buenas noches. Sin decir nada. Debía de haber ido a limpiar el cuarto de baño más tarde. Y esa mañana se la veía completamente limpia, impecable, vestida de blanco inmaculado, en el cuarto de Baba.

Se dirigió al vestíbulo, con pasos cansados, y estaba abriendo la boca para llamar a Jouve, cuando la puerta del cuarto de la niña se abrió un poco a sus espaldas y una voz dijo con toda naturalidad:

—¿Vendrás a cenar?

Ella sabía que, cuando trabajaba en el estudio, no venía a comer, pero que siempre encontraba tiempo para venir a tomar un tentempié y cambiarse antes de ir al teatro.

Esas palabras acabadas de pronunciar, por tontas que fueran, casi le hicieron llorar, y no se atrevía a volverse por temor a que ella viera su carota completamente descompuesta, no se decidía a hablar, por el nudo que tenía en la garganta, y finalmente exclamó, muy deprisa:

—Quizá...—Y luego, con voz tonante, hacia el proscenio—: ¡Le estoy aguardando, señor Jouve!

El mismo Alfred, que le había dejado esa noche en la esquina de la rue de Courcelles, estaba fumando su cigarrillo al volante de la limousine, en aquella mañana sucia saturada de una penetrante llovizna.

—Escúchame bien, chaval. Vas a llamar a la señora Cadot, ¿tienes su teléfono?

—Sí, jefe. —Y el joven Jouve sacó del bolsillo una linda libretita roja.

—Y le preguntas qué sabe de Viviane. ¿Te acordarás del nombre?

—La conozco.

—Si le extraña que no llame yo mismo, cuéntale que no me encuentro muy bien.

—¿Es verdad?

Jouve había notado ya, desde la avenue George V, que Maugin tenía mala cara, pero se cuidó mucho de decirlo. En días como éste, era preferible andar con pies de plomo, lo que no siempre bastaba para evitar un estallido.

—¿Sigue ahí Alfred?

—Está en el patio.

—Dile que vaya con esta receta a mi farmacéutico, y que no vuelva sin el medicamento.

Sabía que, al cabo de una hora más o menos, le daría el ataque, y que durante quince o veinte minutos se sentiría morir, hasta que lo que él llamaba su «burbuja» explotara en un eructo más o menos ruidoso. Ya veríamos si la medicina de Biguet surtía efecto. ¿Cuánto le pediría el profesor por su visita? Algunos aseguraban que fijaba sus honorarios según la fortuna del cliente, y los periódicos no dejaban de mencionar, cada semana, los astronómicos cachés de Maugin, convirtiéndole en víctima de frecuentes sablazos.

Dos días antes, una pareja de buena gente le escribió desde un pueblecito de la Charente: «Tenemos sesenta años. Hemos trabajado toda la vida. Nuestro sueño ahora es una casita propia para nuestra vejez. Precisamente hemos encontrado una que nos convendría, y si usted quisiera, usted que es tan rico, enviarnos a vuelta de correo la suma de…».

No hablaban de devolvérselo, ¡sólo decían que rezarían por él!

—¿Has podido hablar con la señora Cadot?

—No contesta.

—Vuelve a llamar.

Mientras tanto, se iba transformando poco a poco, con

ayuda del maquillaje y del vestuario, en el personaje que iba a interpretar. Nunca había martirizado tanto a los sastres como para aquel papel, y acabó comprando de ocasión el traje en una casa de la Rive Gauche.

—¡El Señor-Uno-De-Tantos! No comprenden, ¿no? Uno que te da la impresión de encontrártelo cada día por la calle. Uno que te recuerda a tu cuñado, o a tu agente de seguros...

Lo asombroso era que, antes incluso de servirse de los lápices de maquillaje, su rostro de emperador romano iba ya perdiendo su dureza; las líneas se difuminaban, se iban haciendo blandas y huidizas, y la expresión era ya banal, un tanto abúlica, un tanto esperanzada, un poco desconfiada, y, tal vez, con un vacilante resplandor de bondad.

—Siguen sin contestar, jefe. Le he pedido a la vigilante que lo siga probando ella, seguramente no hay nadie.

—¿Qué hora es?

—Las nueve menos cinco.

A las nueve, estaría ya en el plató, donde había ya una treintena de revoltosos.

—Busca, en la guía, la lista de hospitales.

—¿De hospitales?

—¿Qué es lo que he dicho?—Parecía como si, por el maquillaje, y por cómo iba vestido, la voz le hubiera cambiado también, y la mirada—. Ve llamando de mi parte a todos. Da mi nombre, porque si no, a lo mejor no te contestan. Yo sé cómo son. Y pregunta si está ingresada una tal Viviane Cadot. No sé cómo se llama lo que padece, una enfermedad de ésas de mujeres. Hablaban de operarla esta noche.

Dirigió una mirada afligida al patio, horrible, desesperante, bajo la lluvia, que tenía que cruzar para llegar al estudio B, donde rodaban esta mañana. El decorado estaba dispuesto desde hacía rato, un comedor de gente modesta, con la máquina de coser delante de la ventana con visillos de guipur.

Laniaud, el director, estaba visiblemente preocupado. Los socios financieros de la producción, en un rincón—uno de ellos, un judío húngaro, llevaba una pelliza—, aguardaban con expresión gélida.

—Escucha, Émile—le dijo Laniaud, llevándoselo aparte—. Me he pasado toda la noche trabajando con el guionista y el dialoguista. Léete esto. Eso funciona. No pretendo que sea una maravilla, pero funciona, y tenemos que cerrar esto.

Maugin devolvió las cuartillas sin leerlas, sin decir palabra.

—¿Qué piensas hacer?

—Interpretar la escena como la viviría ese tipo.

—¿Y tirar a la mujer por la ventana?

Lo tenían hablado. Todas las opciones habían sido discutidas. Era un episodio muy corto, casi mudo, pero esencial, porque el resto de la película se apoyaba sobre él, y como de costumbre, habían empezado por lo más fácil, sobre todo las escenas técnicas, con decorados y figurantes.

—No hay cien maneras de reaccionar, cuando uno se entera de que le ponen cuernos, mi querido Émile. ¿A ti no te han puesto nunca cuernos?

Maugin lo miró con insistencia, y se acercó a la actriz que desempeñaba el papel de la mujer. Tenía veinticinco años. Era sólo una *starlet*, porque, cuando contrataron a Maugin, recortaron del resto del reparto una parte del presupuesto.

—¿Lista, pequeña?

Estaba en juego su carrera, y temblaba viéndose metida en aquellas complicaciones. Se había compuesto un aire de ama de casa algo demasiado coqueta, y, con cara de preocupación, se metía bastante en la piel del personaje.

—¡Laniaud! ¿Quieres que interprete *mi* escena?

Y se oyeron entrecruzarse, como en un navío, llamadas y órdenes. Los proyectores iluminaron ambas bandas del decorado, incluida la puerta, con el comienzo de una escalera.

Durante estos preparativos, Maugin revoloteaba por allí, y podía parecer que estaba penetrándose de su personaje, cuando en realidad, con la mano debajo de la chaqueta, se palpaba el corazón preguntándose cuándo le daría el ataque.

—¿Listos?

—¡Listo para el sonido!

Era el único, en el plató, con aire ausente, rumiando en soledad, y sin embargo, en el momento preciso, con el sombrero en la cabeza y en los labios una pipa que sólo encendía para la ocasión, se encontraba en el lugar exacto que debía ocupar.

—¡Claquetas!

Acababa de enterarse, por un amigo, de que su mujer le engañaba con un petimetre del barrio. Había bebido, y estaba llegando, casi jadeante, al rellano (que aún no se veía, porque la puerta estaba cerrada), la abría, permanecía inmóvil mirando a su mujer, a la que sorprendía ensayando sonrisas ante un espejo.

En el guión, figuraba la réplica: «¡Puta!». Pero él no decía nada, se plantaba allí, balanceando los brazos, tan inmóvil, como si no actuara, que el operador creyó que había sido un error empezar y estuvo a punto de parar de rodar.

Miraba a su mujer con una calma extraordinaria, y la pequeña actriz, realmente asustada, buscaba instintivamente a su alrededor dónde apoyarse.

Iba sin embargo a abrir la boca, a pronunciar la frase prevista en el guión: «¡Jacques...!». Pero no lo decía porque él no se lo dejaba decir, porque él se había convertido en un monolito del que emanaba una fuerza envolvente.

Fue él quien habló, casi en voz baja:

—¡Ven aquí!

Y, como ella realmente dudaba:

—Ven aquí, pequeña...

Y entonces, muy despacio, cogiéndole la nuca con la mano izquierda junto con un puñado de pelo rubio, con delicadeza, pero irresistiblemente, le fue echando la cabeza atrás, mirándola bien a la cara, como si la descubriera, inclinándose también él poco a poco, levantando el puño izquierdo hasta dejarlo en suspenso.

Con la misma lentitud, los dedos de esa mano fueron abriéndose, convirtiéndose en garras, en pinzas implacables que descendían hacia el rostro de ojos desorbitados.

Luego, en el momento más inesperado, en el instante en que esa mano iba a asir la carne para herirla, una nube cruzó por sus rasgos, enturbiándolos, y...

—¡Vete!

Sin golpe, sin brutalidad, aquella maza, que hubiera aplastado a un coloso, empujó a la muchacha hacia la escalera.

Ya no se la veía, quedaba fuera de campo, cuando pronunció por fin, con voz inexpresiva, la famosa palabra del guión:

—¡Puta!

Un largo silencio se produjo antes de que Laniaud gritara, levantándose de un salto:

—¡Corten!

El judío húngaro y su socio, en su rincón, se miraban sin decir nada, y la pequeña actriz, sin motivo aparente, estallaba en sollozos apoyada en un decorado.

—¿Tienes ánimos para volver a empezar enseguida, Émile?

Habían rodado ciertas escenas, sobre todo las que comportaban gran número de actores, hasta diez veces. La media, para Maugin, era de cuatro.

—¿Está ahí Alfred?

El chofer había entrado en cuanto se apagó la luz roja a la puerta del estudio; Adrien Jouve también.

—Sólo una vez—decidió, sin que nadie protestara.

Fue a esconderse detrás de un decorado para tomarse un comprimido junto con un sorbo de alcohol de la petaca que llevaba en el bolsillo.

Cuando volvió a entrar en campo, Jouve, separado de él por los proyectores y montones de cables, hizo ademán de acercarse.

Él le ordenó con una seña que se quedara donde estaba.

—¡Después!

Haciendo bocina con la mano, el secretario le preguntó:

—¿Qué?

—¡Después!

Dócil, anodino como su personaje, se volvió hacia el director, esperando la señal.

—¿Muerta?

Estaba tan seguro de la respuesta que frunció las cejas, desconfiado, viendo a Jouve negar con la cabeza.

—Está en el hospital Debrousse, en la rue de Bagnolet, en el distrito xx.

—Chico, yo vivía en ese distrito antes de que tú nacieras, antes incluso de que a tus padres se les pasara siquiera por la cabeza la posibilidad de citarse un día para encargarte.

Jouve le había echado por los hombros una manta que le llevaba siempre al estudio, porque Maugin salía del horno de los focos empapado y con el maquillaje corrido por el sudor. Al final, esa mañana habían rodado la escena, no dos, sino cinco veces, y la habían repetido a petición suya.

La primera vez, por culpa de su pareja, que, como ya se sabía el papel, manifestó su espanto demasiado pronto. Otra vez, a uno le dio un golpe de tos y, por último, por Maugin, que se sintió abúlico, distraído.

Con los focos apagados, las caras se veían grises, las ropas mates, y el estudio parecía una estación después de un bombardeo. Los socios de producción se marcharon en sus coches. Y los demás se fueron dirigiendo, por grupos, hacia la cantina.

—¿Probamos los racords esta tarde?—preguntó Laniaud—. Si estás muy cansado, haré hoy los que no necesiten tu presencia.

—No estoy cansado.

De hecho, no había tenido ningún ataque, es decir, ningún verdadero ataque. Un par de veces, sintió que se tambaleaba, pero se le pasó enseguida, y empezaba a creer en la pócima de Biguet.

—Vamos a mi camerino, chico.

—¿No va a ir a comer algo?

—Ya me traerás un sándwich de la cantina.

Necesitaba siempre un rato para volver en sí, y su voz era casi indiferente cuando dijo:

—Cuenta.

—No ha muerto, pero no pinta bien. Creo haber entendido que lo que tiene es muy malo. —Jouve se preguntaba si podía hablar o debía andarse con rodeos—. He podido hablar con la enfermera jefe de su pabellón. Me ha dicho que la han operado esta noche.

—¿A qué hora?

—Sobre las doce.

O sea, cuando Maugin se encontraba con Cadot en aquel café siniestro, después del teatro, forzando al otro a beber vino tinto, que le asqueaba.

—¿Y qué más?

—Nada. Están a la espera. Aún no ha recobrado el conocimiento, y eso es lo preocupante. La han conectado a una bomba de oxígeno.

—Deben de estar todos allí.

—¿Perdón?

—Digo, ya que te interesa—y engoló la voz, hosco, demostrando así que recobraba su personalidad—, que su marido y su suegra estarán allí, y sin duda también sus hermanos y cuñadas si los tiene, llenando la habitación y los pasillos.

—No lo sé.

—Pásame la estilográfica.

Nunca llevaba encima con qué escribir, acostumbrado como estaba a que le tendieran una pluma o un portaminas, y Jouve tenía siempre a punto un juego en el bolsillo.

—Ve a la cantina y dile a Josephine que me mande un café solo y un sándwich de jamón, sin grasa.

Prefería estar solo para rellenar el cheque, dudó qué cantidad poner, pensó una cifra que le pareció demasiado elevada, otra demasiado baja, e hizo la media. Cuando volvió Jouve, le pidió un sobre y escribió el apellido Cadot.

—Hará unas dos horas que telefoneaste, ¿no?

—Bastante más, jefe.

—Vuelve a llamar al hospital, trata de obtener noticias frescas.

No se había desmaquillado ni desvestido, por los racords; interpretaría el mismo papel. El camerino estaba desastroso, con un radiador de gas que le recordó su visita al profesor Biguet y lo que sudó tras la placa de vidrio.

Jouve estaba hablando por teléfono, amablemente, con frases rebuscadas que hacían encogerse de hombros a Maugin. Tapando con la mano el auricular, susurró:

—Ha muerto. ¿Qué digo?

La pregunta le pareció tan estúpida que no pudo sino abrir de par en par los ojos. Sólo cuando acabó la conversación, rezongó:

—Lo sabía. La vieja bruja dirá que por mi culpa, que soy yo quien la ha matado. Pero sí que la operaron, ¿no?

—Sí.

—¿Anoche a las doce?

—A las doce y diez. Acaban de confirmármelo. En sí, la operación, fue muy bien.

Por lo tanto, él no tenía nada que ver. Con dinero o sin dinero, la operación se habría hecho igualmente, con la única diferencia de que Cadot habría estado probablemente junto a su mujer en el momento en que se la llevaban en camilla al quirófano.

¿De qué habría servido eso?

—Dile a Alfred que te lleve al hospital. No te costará dar con el pabellón. Allí encontrarás con toda seguridad al tal Cadot.

—¿El que conozco del teatro?

—Ese mismo.

Una sospecha cruzó por su mirada y él se preguntó por un instante si su secretario no sabría más de lo que aparentaba.

—¿Has hablado con él alguna vez?

—A veces me preguntaba si estaba usted, o si iba a llegar pronto.

—Le entregarás este sobre.

—¿Hay que esperar respuesta?

—O lo cogerá o no lo cogerá. —Y añadió inútilmente—: Me importa un bledo.

—¿No hay que mandar flores?

No se le había ocurrido. Y apostilló con sorna:

—Ésa es la ventaja de haber recibido una buena educación, pensar en las flores y la corona.

—Mejor las flores, a mi parecer.

—Espera. Ya que vas a ir a la floristería…—Dudó. ¡Daba igual!—. Mándale una docena de rosas a mi mujer.

—¿Sin tarjeta?

—¿Tú me ves a mí mandándole mi tarjeta a mi mujer? ¿Se hacía eso en la alta sociedad?

—Perdón. Evidentemente sabrá que es usted quien se las manda.

—¡Evidentemente!—Apenas acababa de decirlo cuando cambió de opinión—. Pon mi tarjeta de todos modos. —Y luego volvió a llamar a Jouve—: No la pongas. Lo sabrá. Y no te entretengas por el camino.

Esperó a que Jouve saliera, y a que la camarera llegara con el café y el sándwich.

—¿Cansado, señor Maugin?

¿Sabía ella siquiera lo que esa palabra significa? Creía estar cansada, por la noche, por haber fregado unas cuantas docenas de boles y de platos y haber permanecido de pie todo el día.

Al fin solo, junto al sándwich, que no le apetecía, cogió el teléfono, marcó el número de la avenue George V y esperó, con un malestar que le indicaba que, esta vez, el ataque estaba empezando.

—¿Diga?

Era la voz que tan bien conocía, y que añadió:

—Aquí, la señora Maugin.

Dos palabras que por primera vez le impresionaban, y él no añadió nada, tenía la impresión de oír el silencio, de sentir el espacio que le separaba de la avenue George V.

—¿Quién está al aparato?

Su voz era ronca cuando contestó:

—Soy yo. —Y de pronto, sin más preámbulos—: Quería saber si la nena está bien. Me pareció ayer que estaba algo constipada.

Ahora era Alice quien guardaba silencio. ¿Estaría enfadada? ¿Conmovida?

—Baba está muy bien. Acabo de ponerla a dormir la siesta—dijo por fin.

—¡Qué bien! ¡Qué bien!

Era una estupidez. Tenía la impresión de verse en el espejo y seguía poniendo la misma cara de imbécil del Señor-Uno-de-Tantos.

—¿Vendrás a cenar?

—Creo que sí. Acabamos de rodar la famosa escena, ¿sabes?

—¿Contento?

—Muy contento.

Era consciente de haber conseguido, aquella mañana, una de las más hermosas creaciones de su carrera. Millones de espectadores tendrían el corazón en un puño, y niños que iban ahora a la escuela la verían dentro de diez, veinte años, cuando fueran mayores. Y les dirían: «Es uno de los papeles más asombrosos de Maugin».

Del «gran» Maugin. Ahora ya le llamaban así. Más adelante, al volver la vista atrás, parecería aún más grande.

¿Era consciente Alicia de eso? Casi no había bebido, esta mañana. Ni el vino ni el alcohol enturbiaban su mente. Tenía la cabeza despejada. ¿No podría hacerle comprender que esa escena, por ejemplo, que haría probablemente época en la historia del cine, y que los electricistas y los tramoyistas estarían ahora comentando en la cantina, no la habría bordado si la víspera...?

Y no era sólo la víspera. Eran las veces anteriores. Eran todas las demás pequeñas cochinadas.

Decían: «El gran Maugin» y «Una obra maestra». Escribían palabras como «humano», «conmovedor», y los imbéciles que le habían visto aquella noche hacer el payaso en la rue de Presbourg...

Eso le daba igual, pero le hubiera gustado saber si no le había hecho demasiado daño a Alice. El piso le parecía lejano y vacío, la sentía allí sin protección, mejor dicho, sin nada que la retuviera. ¿No se estaría preguntando, también ella, qué hacía allí?

La niñera, la señora Lampargent, era fría como una virtud teologal, muy protocolaria, se indignaba si la doncella no le hablaba en tercera persona. La cocinera...

—¿Hola?

—Sí...

—¿Estás triste, pequeña?

—No.

Se mostraba torpe, tosco. Se sentía culpable, y al mismo tiempo tenía la impresión de que cometían una injusticia con él. No Alice especialmente. Aun así, ¿por qué la pequeña Baba era de otro, de un hombre a quien él no conocía, a quien no quería conocer, pero en quien ella sí que pensaría seguramente cada vez que miraba a su hija?

—Aquí está lloviendo—dijo, mirando fijamente a los cristales.

—Aquí también.

—Tengo que dejarte. —Y luego una frase tonta, que le hubiera hecho encogerse de hombros si otro la hubiera dicho en su presencia—: ¡Cuídate mucho!

Se le había olvidado anunciarle las flores. Volvía a estar solo, y se puso a mordisquear su sándwich con cara de asco.

Un rato antes, tras la escena fallida por culpa de su pareja, la muchacha estaba tan hundida que se preguntaban si podría continuar. Se la llevó, rodeándola por los hombros, hacia los lejanos desiertos del estudio, y mientras deambulaban por allí los dos, ella con un pañuelo en la mano, entre los decorados desmantelados, él le iba contando una historia, como a una niña pequeña, para animarla. ¿No sería quizá, en el fondo, un poquito para animarse también a sí mismo? En cualquier caso, eso le impedía pensar en su ataque.

—¿Ha ido ya a la Foire du Trône, pequeña?

Trataba de hacerle entender por qué ya no era la feria de antes, cuando los altavoces aún no habían sustituido a los organillos de personajes de madera pintada que tocaban el tambor, y los tiovivos iluminados por bombillas de arco te acribillaban los ojos.

—Allí fue donde, en una barraca de lona pintada, me presenté por primera vez en público. Tenía diecisiete años.

Ella le miraba, sorprendida, olvidándose del papel que

debía volver a interpretar a los pocos minutos, y de su carrera, que de él dependía.

—Era tan alto como ahora, casi igual de ancho, y aquella noche tenía hambre. Cuando tenía hambre, todo lo demás no contaba para mí. ¡Un bistec enorme con patatas fritas! Durante años, ése fue mi ideal. Unos malabaristas, en un tablado, anunciaban una prima de cinco francos para el aficionado a la lucha libre que tumbara de espaldas a Eugenio el Turco.

»—Todo está permitido, señoras y señores. ¡Para usted, militar!

»Pero aquel soldado a quien hacían ademán de lanzarle el guante grasiento, se escabulló prudentemente entre la multitud.

»Yo levanté la mano. Me llevaron a un rincón oscuro para desnudarme, entre paredes de lona.

»—¿Supongo que sabes cómo va esto? Te dejas caer en el sexto round, y te damos diez francos a la salida. Si no…

»—Si no, ¿qué?

»—¡No te aconsejo que te hagas el chulo!

»Yo había decidido conseguir los cinco francos, y tumbé de espaldas a Eugenio el Turco, aunque por poco me arranca una oreja con los dientes.

»—Delante del público me entregaron una hermosa moneda de plata, y luego, en el momento en que me volvía al oscuro cuchitril para vestirme, se me echaron encima tres o cuatro. No sólo me quitaron la moneda de plata que acababa de ganar, sino también una navaja casi nueva que llevaba en el bolsillo.

Ella le miraba como los niños, que se resisten a creer que una historia ha terminado.

—Eso es todo, pequeña. Vamos a interpretar la escena del cornudo, y estoy seguro de que va a hacerla muy bien.

Ella no debía de ver la relación. Y él tampoco habría sabido explicarla. La sentía, y ya está.

Cuando le contó esa historia a Alice, porque también se la contó, un atardecer cuando ella estaba embarazada y paseaban su barrigota, en Niza, cerca del casino de la Jetée, murmuró, acariciándole la mano:

—¡Pobre Émile!

Ella tampoco lo entendió. O, mejor dicho, cada una de ellas entendía su historia a su manera, como podía. ¿Sería porque no se la contaba nunca a los hombres? Alfred, el chofer, por ejemplo, reaccionaría silbando, divertido, con los ojos llameantes: «¡Los muy bárbaros!». Jouve, como Cadot, se asombraría: «¿Y no lo denunció a la policía?». Y a aquel par ni se les ocurriría pensar que la navaja de su bolsillo era automática.

Yvonne Delobel, su primera mujer, había dicho entre dientes, mirándole con aire de excitación:

—Me habría gustado verte luchar con aquel salvaje. ¿Espero que le hicieras mucho daño, por lo menos? ¿Es cierto que en esas peleas está permitido retorcer las partes?

No se abstuvo mucho tiempo de decir la palabra con toda su crudeza. ¡Y eso que los periódicos la llamaban «la gran dama del teatro»! Era efectivamente una gran dama a su manera, una gran señora, y ninguna actriz, actualmente, se atrevía a igualársele en talento.

A ella también le hizo daño. Algunos admiradores de Yvonne Delobel murmuraban aún que fue él quien la mató.

Sentía otra vez deseos de marcar el número de la avenue George V y hablar con Alice. En el armario de su camerino, a dos pasos de él, había media docena de botellas llenas de vino tinto, y nadie, a esta hora, se atrevería a molestarle. No le necesitarían en el plató hasta dos horas después, y todo el mundo sabía que era el momento sagrado de su siesta.

Se había relajado, como para adormilarse, con los ojos entornados, observando el reflejo rojizo del radiador de gas que le quemaba un poco los párpados. Se dio cuenta de que había cruzado maquinalmente las manos sobre el pecho, pensó que así debían de haber unido las de Viviane, y las de Yvonne hacía tiempo, y a él algún día le harían lo mismo, y cambió rápidamente de postura.

¿Rechazaría Cadot el cheque? ¿O seguiría yendo a sablearle, de vez en cuando, por los pasillos del teatro, con lúgubre obstinación?

Lo aceptara o no, habría quien después—¡aunque sólo fuera la suegra!—les iría a los niños con el cuento: «Ese hombre, la noche que mamá murió...».

Sólo una vez vio a Viviane, una noche que Cadot se la llevó al teatro, poco antes de casarse, para presentársela, como si esperara su bendición, y sería incapaz de reconocerla, a no ser, quizá, por los ojos, que bizqueaban.

Si Cadot aceptaba el cheque en vez de devolvérselo indignado, era capaz de invitarle a ir a la cámara mortuoria y de molestarse si no iba.

Incluso los periódicos, usualmente amables con él, encontraron el modo de deslizar una malévola observación, tiempo atrás, porque no asistió al funeral de Yvonne Delobel.

¡Pero si, cuando ella murió, hacía casi tres años que estaban divorciados y que ella vivía con otro!

En todo caso, ella, si es que se tienen en cuenta estas cosas en el otro mundo, lo debió de entender. Ya en vida había entendido una buena parte, pero no todo. Quizá él era así, también, lúcido para esto, ciego para lo otro, y hacía sufrir sin darse cuenta.

¿Cuál de los dos había hecho más daño al otro, Yvonne o él?

Cuando se conocieron, ella era ya célebre, pero él no. Todo el mundo subrayó eso. Muchos la situaban a la altura de Sara Bernhardt, mientras que él interpretaba aún números cómicos en las revistas de music-hall.

Sólo que ella tenía cuarenta y cinco años cumplidos y él apenas treinta. No vio en él más que una especie de toro magnífico y poderoso.

—¡Es usted un gran tipo, Maugin!—fue a decirle a su camerino—. Le confieso que estoy impaciente por conocerle mejor.

Era pequeña, delgada, de rasgos extraordinariamente delicados, y con una distinción que los cronistas calificaban de exquisita.

Lo que no le impidió llevárselo, como ahora él a alguna figurante, a su apartamento de la rue Chaptal.

Durante veinte años, compartió su vida, o al menos su cama, y, desde el principio, tenía tanto miedo a perderle, que exigió que se casaran.

Ya no sabía por qué estaba pensando de pronto en ella.

¡Ah, sí! Por lo de Alice, que debía de estar pasando un día melancólico y gris en aquel piso de ellos. Y también por Viviane y sus cinco hijos, a la que habían sacado los ovarios y no despertó, y por los vinos tintos de Cadot, y quizá también por la jovencita a quien, hacía un momento, para levantarle el ánimo, le contó la aventura de la Foire du Trône.

Ya bebía, antes de conocer a Yvonne, pero ella bebía bastante más. Lo más gracioso es que, mientras que ella se emborrachaba casi todas las noches, a él le prohibió el alcohol.

—No es lo mismo—explicaba, con aquel cinismo sonriente suyo—. Una mujer, cuando bebe, tiene más posibilidad de gozar, mientras que el macho se pone pesado e impotente.

Y claro, era al macho a quien había ido a buscar a su camerino del music-hall, y con el que se casó, un macho corpulento, brutal, cuyo cuerpo acariciaba, músculo a músculo, a veces durante horas.

—Cuéntame otra vez lo que pasó con Eugenio el Turco.

E interrumpía el relato en los momentos emocionantes.

—¿Sangrabas mucho?

Le recordaba algún detalle si él lo pasaba por alto, y le obligaba a hurgar en su memoria, noche tras noche, para recordar aventuras violentas o sórdidas.

—Cuéntame otra vez lo que le hacía Nicou a tu hermana. ¡Espera! Espera a que me ponga en la misma postura para que me lo hagas…

Lo había leído todo, lo conocía todo. Había frecuentado y frecuentaba aún a esas cuantas docenas de hombres que, para la Historia, son una especie de concentrado de una generación. Seguía llevando su vida, arrastrando a su toro detrás. A veces se reía divertida de sus torpezas:

—Voy a tener que enseñarte a vestirte, Émile. ¡Tienes una idea muy personal de combinar los colores!

Y enseñarle a comer también, y a comportarse en un salón. Intentaba que leyera a los grandes escritores, pero no imaginaba que él pudiera llegar a ser alguien por sí mismo.

Le encontraba más en lo suyo en el music-hall que en el teatro, salvo quizá en los burdos vodeviles del Palais Royal.

¿Le guardaba rencor por ello? Durante mucho tiempo creyó, como tanta gente, que era en cierto modo su bienhechora, y temía tanto hacerla sufrir que se contenía para no remangarles la falda a las criadas, aunque se moría de ganas.

Era celosa hasta lo enfermizo. Cuando ella no actuaba, iba al music-hall para pillarlo desprevenido, y llegaba incluso a pagar a un tramoyista para informarla de lo que hacía Maugin.

Algunas noches que encontraba que el alcohol era muy lento en surtir efecto, tomaba éter, y esas noches acababan en dramáticas escenas de histeria.

Por dos veces la dejó. Las dos veces ella fue a ponérsele de rodillas a su habitación del hotel, arrastrándose, suplicando, amenazando con matarse allí mismo, y las dos veces volvió con ella, con la cabeza gacha y con el corazón destrozado.

Pero no se mató, sin embargo, cuando él desapareció de repente de la circulación, haciendo mutis y escondiéndose, como un ladrón, ni cuando le pidió, a través de su abogado, que solicitara el divorcio.

Unos meses después, se la encontró con otro, su sosias en estatura y anchura de hombros, pero con una estúpida cara de mozo de carnicero. Ella, que era consciente, palideció y le sonrió con amargura.

Una primera cura de desintoxicación sólo tuvo éxito por breve tiempo.

Al salir de la segunda, un año después, enflaquecida, y como si hubiera envejecido diez años, murió de una sobredosis de morfina.

Se estremeció, hizo un movimiento instintivo para agarrarse a algo, abrió ante el cuarto vacío unos ojos que no recordaba haber cerrado, aterrorizado como un niño al verse solo.

Tuvo miedo de morir, de repente. Le pareció que la sangre no le latía como de costumbre en las arterias, que se le enturbiaba la vista, y se tomó el pulso, volviéndose de cara a la ventana para tener la seguridad de que le oirían en la calle si necesitara pedir ayuda.

Sólo se veía la lluvia, la pared de ladrillo oscuro de un

estudio, una puerta de hierro pintada de rojo y el techo reluciente de un coche.

Debía de haberse adormilado, y sin duda había tenido una pesadilla que en vano intentaba recordar. Sí que se acordaba de todo lo que pensó acerca de Yvonne, pero había otra cosa que le había aterrorizado, y que terminaba con una caída al vacío.

—¡Pánfilo!

Era efectivamente su voz, algo distinta porque resonaba en el camerino vacío, pero su voz, al fin y al cabo.

No obstante, aquella mañana le había salido bien su escena. Eso era evidente. A estas horas, ya habrían revelado la película, y Laniaud estaría proyectándola.

Él no necesitaba verla. Ya lo sabía.

También sabía que necesitaba levantarse, caminar hasta el armario, y servirse un buen vaso de vino. Era i-ne-luc-ta-ble. Acababa, en aquel mismo instante, de tener la prueba.

Yvonne Delobel, otra vez ella, había sido la primera en demostrárselo. Fue un domingo en que ni uno ni otro actuaban, uno de esos domingos turbios que te dan la impresión de mirar a través de una bola de cristal. Habían salido, contra su costumbre, y ella había querido alquilar un coche de caballos, de esos que pasean a los novios y a los jóvenes recién casados por el Bois de Boulogne, y le dio en voz baja la dirección al cochero.

—¿Adónde vamos?

—Ya lo verás.

Para ella, como esta mañana para él, era un día en que no había bebido, un día de resaca que seguía a una noche de desenfreno. Tenían la carne fofa, la piel dolorida, con manchas sonrosadas sensibles al aire, y la luz cruda les hería los ojos.

El carruaje había cruzado Neuilly y se había dirigido,

dando tumbos, hacia Bougival, y entretanto la actriz, perdida en sus pensamientos, no decía nada.

—A la izquierda—ordenó, una vez ya a orillas del Sena.

Intentaba leer las reacciones de Maugin en sus ojos, y él no tenía más que sueño, casi doloroso.

Era verano—la mayoría de teatros estaban cerrados y a eso debían aquel domingo libre—, y algunas parejas lo aprovechaban para navegar en canoa.

—Pare, cochero. —Y dirigiéndose a él, a media voz—: Mira detrás de ese seto.

Se veía una casa blanca, espaciosa, inmaculada, con los postigos verdes y las tejas de pizarra, en medio de un jardín con el césped muy cuidado.

—¿Qué te parece?

No sabía qué decir, y se preguntaba adónde quería ir ella a parar.

—¿Se trata de alguien que conozcas?

—Es la casa con que siempre soñé, con la que ya soñaba cuando era niña.

—¿Está en venta?

—La compré.

—¿Así que…?

—Y la vendí.

Con aquella voz suya, sorda, pero ardiente, contenida, que había hecho de ella una incomparable «Dama de las Camelias», se lo fue contando, con una mano crispada apoyada en su hombro, sin bajar del carruaje, mientras el caballo olisqueaba la hierba.

—Fue cinco años antes de conocerte. Pasé por aquí y la vi. Exactamente igual que en mis sueños de paz, de serena belleza. No estaba en venta, y revolví Roma con Santiago durante meses hasta conseguir que me la cedieran, y luego la acondicioné con todo lo que debía contener mi casa ideal. —Lo miró de pronto con impaciencia, y, quizá, con un atisbo de cólera—. ¿Tú nunca has soñado con una casa de postigos verdes?

—No lo recuerdo. No.

—¿Ni cuando eras pequeño?

Prefirió no contestar.

—De verdad que eres un bárbaro. Y tampoco deseabas una mujercita dulce que te diera hijos.

Él seguía callando, ceñudo.

—Tal vez lo tengas algún día—se burló sardónicamente. Y, casi furiosa, añadió—: Me vine. Intenté vivir aquí. La primera semana, lanzaba alaridos de desesperación. La segunda, hui, y no he vuelto a poner los pies entre estas paredes.

Maugin se tomó sus dos vasos de vino, y dudaba si tapar la botella.

—Ya lo entenderás más adelante—había suspirado ella, despechada porque le había echado a perder su domingo—. Deprisa, cochero. ¡A París!

A hundirse en la multitud, en las luces, en la fiebre.

No habían recorrido dos kilómetros cuando se detuvo a beber en un merendero.

Decían de ella, y aún lo dicen: «Ahí la tenéis, la inolvidable artista»; y de él: «El gran Maugin».

Bromeó, banalmente, dirigiéndose a la botella:

—¡Ven acá, pequeña!

Y con gesto de estarle retorciendo el cuello, hacía fluir al vaso el azulado líquido.

—¿Quién es?

—Yo, jefe.

No recordaba haber cerrado la puerta con llave.

—¿Qué dijo del cheque?—le preguntó a Jouve cuando do entró.

—¿Qué cheque?

—Quiero decir la carta.

—Me dijo usted que no había que esperar respuesta.

—¿La aceptó?

—La cogió, sí.

—¿Sabía de quién era?

—Se lo he dicho. Y, además, él me reconoció.

—¿Y qué te contó? ¿Dónde estaba?

—En el patio del hospital, con la madre y una mujer que me presentó como su cuñada. He olvidado el nombre.

—¿Lloraba?

—Había llorado, se le notaba. Tenía los ojos rojos, y la nariz también. Todos llevaban un paraguas en la mano.

—¿Eso es todo?

—Me rogó que le dijera que no ha podido fijar aún la fecha del entierro, pero que se la comunicará.

—¿No abrió el sobre delante de ti?

—Tenía ganas. Estuvo a punto. Pero la anciana le hizo una señal, apuntando a la cuñada. Cuando me alejaba, corrió detrás de mí, para decirme que contaba también conmigo.

—¿Para qué?

—Para asistir al funeral.

—¡Pues bueno! ¡Ya ves! Muy amable por su parte. Le remordía la conciencia no haberte invitado. ¡Ahora le toca a él pagar su ronda, a ese hombre…!

—¡Jefe!

Jouve le miraba con aire repentinamente inquieto.

—¿Qué pasa?

—Nada. Me parecía usted muy raro, hace un momento.

—¿Y ahora?

—No sé ya. No. Ahora ya no. ¿Le dolía algo?

—¡Me dolían los postigos verdes, señor Jouve!

La botella seguía allí, y el vaso.

78

—¿No han empezado aún, con lo de los racords?—dijo el secretario, para no hablar de lo que le preocupaba, y por temor al silencio.

—¡Ya lo ves!

—Y a propósito, mandé las rosas a la avenue George V.

—Rosas, sí.

Lo dijo sin saber qué decía.

La palabra, después de dicha, le impresionó.

—¡Ah! ¡las rosas...!

A saber si la expresión era irónica, amarga o simplemente soñadora. El caso es que volvió a fruncir el ceño de aquel modo tan suyo para preguntar:

—¿En total...?

—Una docena...

—No te pregunto si contaste las flores. Te pregunto cuánto te costaron.

—No las he pagado. Las hice cargar en su cuenta.

—Sin preguntar el precio, ¡por las buenas, como un gran señor! Así esos ladrones podrán cobrarme lo que quieran.

—Pensé que...

—¡Te tengo prohibido pensar, señor Jouve!

Volvía a la vida, poco a poco. Los engranajes ya estaban bien lubricados. Un vaso de vino más, y por si acaso, una píldora. Hay gente que no muere a los setenta y cinco años, que llega a los ochenta y más. Los hay incluso centenarios.

No se excedería en la dosis, hoy. Raras veces se excedía.

Lo justo para apoyarse bien en sus largas piernas y para no enredarse en bobadas de postigos verdes y cosas por el estilo.

—¿A ti te apeteció alguna vez tener una casa blanca con postigos verdes?

—No lo sé, jefe. Quizá algún día, una casita en el Midi, no muy lejos del mar...

—¿Y una mujer? ¿Y unos mocosos?

Por casualidad miró a Jouve en ese momento, y le sorprendió verlo ruborizarse como una jovencita.

—Pero dime, ¿es que estás enamorado, tú?

Al muchacho se le pusieron en el acto las orejas de color púrpura.

—Dime cómo se llama.

—No es nadie, jefe.

—¿Te niegas a darme su nombre?

Acostumbrado como estaba a la docilidad de su entorno, iba montando en cólera.

—Le juro...

—Te ordeno que me digas su nombre, ¿me oyes?

¡Era absurdo! Debía de parecer totalmente patético. Ni él mismo sabía por qué se ponía así; frunció el ceño y achinó los ojos, que se volvían más penetrantes, suspicaces, y abrió la boca para decir una frase que no pronunció. Sólo exclamó:

—¡Ah!—Y, sentándose ante la mesa para retocarse el maquillaje, ordenó secamente—: Ve y diles que estoy listo para empezar.

Le siguió con la vista, en el espejo.

Varias veces, esa tarde, durante las tomas de cámara, se descubrió espiándole, y cada vez que tenía que mencionárselo a alguien, le llamaba «ese idiota».

Ella le ayudaba a hacer como si nada hubiera pasado. Cuando fue a darle las buenas noches a Baba, lo siguió al cuarto de la niña y se mantuvo apoyada contra él, rozándolo levemente, todo el rato que duró la serie de muecas. El repertorio era importante, iba en aumento cada semana, y la nena se las sabía de memoria, y las reclamaba en el debido orden, sensible a los menores matices.

—Ahora cógeme en brazos.

A caballito primero, luego a hombros. Hoy Alicia no le decía, aunque fuera más tarde que otros días: «Ten cuidado no la excites mucho. Ya debería estar durmiendo».

Al volver a casa, había visto que habían cambiado la bombilla fundida en la araña del vestíbulo, lo que le conmovió. Era una araña antigua, pesada y muy recargada—formaba parte de la herencia de Consuelo—, y desde hacía dos meses por lo menos, una de las bombillas, fundida, proyectaba una sombra desagradable. Todas las noches, al volver, fruncía el ceño, o rezongaba, o lanzaba un profundo suspiro, según su humor.

—Camille la rompería y a la cocinera no puedo obligarla a subirse a una escalera. Y yo, ya sabes que tengo vértigo.

Con todo, allí lucía la bombilla, ya cambiada, aunque la escalera de ellos estaba hecha polvo. Había una buena cenita, y ellos evitaban, tanto uno como otro, toda alusión a temas desagradables. Antes de sentarse a la mesa, fue a echar un vistazo a su habitación, y observó que en la cama de matrimonio estaban las cuatro almohadas.

—¿No vienes muy cansado?

—Hemos hecho un buen trabajo. Mañana no rodamos.

—No olvides que tienes *matinée*.

—Pero no tendré que levantarme para ir al estudio.

El comedor parecía una sacristía, a veces se preguntaba qué pintaban allí ellos dos, por qué aquella casa, aquellos muebles, aquella decoración, que no correspondía ni a sus gustos ni a su vida. Pero después se decía que sería lo mismo en otra parte.

Le alegraba, esta noche, ver a Alice sonriente, y que todo estuviera de nuevo en paz, y que le contara, con aquella voz suya tan natural, lo que había hecho Baba aquel día.

—¿Vendrás directamente después del teatro?—Se corrigió enseguida—: Perdona.

La besó en la frente, con ternura, antes de irse, y mientras esperaba el ascensor, tenía realmente la impresión de dejar tras él una parte importante de sí mismo.

Se preguntaba a menudo si la amaba. No estaba seguro de creer en el amor. Aquella noche, al pensar en ella, a la que dejaba en el saloncito, cerca de las rosas rojas, magníficas en aquella iluminación, se sentía turbado, y no veía el momento de volver.

Estuvo de buen humor hasta con Maria, que, por espíritu de contradicción, se mostró gruñona.

—¿Sabe ya algo de esa pobre señora Cadot?

—¿La madre o la hija?

—¡La mujer del señor Cadot, quién va a ser! No me sea estúpido. ¿Cómo va?

—No va de ninguna manera, mi pobre Maria. Ha muerto.

—Y lo dice casi con alegría.

—Una vez me contaron que muere una persona cada segundo o cada minuto, ya no me acuerdo. ¡Figúrate si hubiera que llevar luto o al menos tener un pensamiento triste por cada una! Piensa que al mismo tiempo hay miles, millones de personas haciendo el amor.

—Eso no quita para tener algo más de humanidad.

—Es más alegre que morirse y gracias a eso no desaparece esa humanidad.

—El señor Cadot debe de estar destrozado.

—Totalmente. Hecho papilla. Debajo de su paraguas, que sostiene como un cirio. No me pases la botella.

—¿Cómo dice?

—Digo: no me pases la botella. Nada de coñac esta noche.

—¡Pero seguro que lo reclama en el segundo entreacto asegurando que está extenuado, y que es incapaz de interpretar la obra hasta el final sin eso!

—¡Víbora!

Y, ciertamente, después del segundo acto dudó.

—¡Maria!

—Sí, señor Maugin.

—¡No!

—¿La quiere o no la quiere?

—No la quiero. ¡Haz pasar a los turistas!

Así los llamaba cuando estaba de buen humor. Y entonces les dirigía a veces un pequeño discurso, como un guía que explicara un monumento histórico.

—Vean ustedes este espejo, que parece sin importancia, sobre el cual generaciones de moscas han cagado prosaicamente: reflejó en otro tiempo el rostro del gran Mounet-Sully. Esta cortina de cretona—reconozcamos que descolorida—pasó su juventud en el camerino de Réjane, y lo que asoma por debajo—porque ahí es donde me cambio—son mis pantuflas.

La gente encontraba aquello divertido.

—En cuanto a Maria, es en sí misma una curiosidad casi nacional, pues antes de acabar en el teatro, acabar mal, fue cocinera de Paul Painlevé, aquel que era tan distraído.

En el escenario, se divertía poniendo a sus colegas en apuros, cambiando las réplicas o murmurando a media voz reflexiones extravagantes. Una vez volvió loco sus buenos cinco minutos a su compañero de escena, en un pasaje difícil, repitiéndole sin parar, muy bajo: «¡La bragueta!».

Y el otro, con las manos cargadas con un montón de libros, no podía verificar su atuendo—lo cierto es que correcto—, no sabía cómo ponerse, sin atreverse a mostrarse al público más que de perfil. Era precisamente el que arrancaba una carcajada en el tercer acto, y en el fondo, aquello constituía en parte una especie de venganza.

Laniaud le telefoneó cuando se estaba vistiendo.

—¿Tienes algo que hacer, Émile?

—No.

—Ven a reunirte con nosotros al Maxim's. Estoy con una pandilla de Hollywood.

—Me alegro. Lo que es yo, voy a acostarme.

No encontró taxi a la salida del callejón, bajó la calle andando, y echó una mirada feroz al café de la víspera. Ya no llovía. Los adoquines seguían mojados, relucientes, como bruñidos. Sólo al llegar a la Trinité pudo encontrar un taxi.

—¿Dónde quiere que le lleve, señor Maugin?

—A mi casa.

—¿Vive aún en la avenue George V?

Tentado estaba de dar un rodeo por la rue de Presbourg, porque quería saber qué había pasado exactamente la noche anterior. Empezaba ya a pensar que no se sentía tan desgraciado, en su taburete, con la espalda apoyada en la pared, en un extremo de la barra. Allí había movimiento. Vida.

Lo aplastante, en su casa, en cualquiera de las que habían sido sus casas, era el silencio, la inmovilidad del aire, cierta calma irremediable, como si el tiempo quedara suspendido para siempre jamás. Experimentaba una sensación parecida mirando, desde fuera, otros interiores. Y no era nuevo. Siempre había sentido ese malestar.

Cuando, desde la acera, por ejemplo, miraba a una familia en torno a la mesa, que les iluminaba las caras como en un cuadro de Rembrandt, para él era como si la escena quedara fijada de una vez por todas, como si los personajes, el padre, la madre, los niños, la criada de pie, estuviera congelada hasta la consumación de los siglos.

Las paredes, las puertas cerradas, le daban una sensación de inseguridad, de angustia. Sabía que no era eso lo que Yvonne había querido decir con su casa de postigos verdes, pero, para él, sí lo era. Le daban miedo los álbumes de familia, con sus páginas de parientes muertos, y las páginas de los vivos que, una vez introducidos allí, ya no eran más que medio vivos.

—Éste era tu tío Marcel.

Pero el niñito, hacia el final, tumbado en su piel de cabra, era un tío en potencia también, y acabaría algún día en una de las primeras páginas.

En la esquina de los Campos Elíseos, llamó a la puerta acristalada, entró en el Fouquet's y tuvo que pararse en todas las mesas para estrechar las manos que se le tendían, y donde olía a abrigos de piel mojados.

—¿Un vinito tinto, señor Émile?

El barman sólo se lo servía a él; se quedó diez minutos, mirando a la gente, pensando en el Presbourg, y dudando si tomarse otro vaso.

No lo hizo, franqueó suspirando el portalón de su casa, miró con ojos feroces las columnas de mármol del portal, la escalera solemne, que parecía esperar a un cortejo. El primer piso lo ocupaba una compañía cinematográfica que se mantenía hacía años al borde de la quiebra, en el segundo había una pareja de americanos—tenían tres coches y dos choferes—, en el tercero un conde y, por último, en el cuarto, los inquilinos cambiaban cada vez que vencía el alquiler.

—¿No te has acostado?

—Pensé que te alegraría verme esperándote.

—¿Y si no hubiera vuelto?

—Habría seguido leyendo.

Sin que él le pidiera nada, fue a servirle una copa de vino, y resultaba raro ver el vino tinto en el cristal tallado; el vino no sabía igual.

Le hubiera gustado decirle palabras tiernas, para agradecérselo, para que sintiera que no era un bestia, para borrar completamente el recuerdo de la noche. Pero ni siquiera sabía dónde sentarse. Iba y venía, buscando su sitio, sintiendo que ella comprendía que él no estaba en su casa, que nunca lo había estado, que ellos no formaban un verdadero matrimonio.

—¿Qué te parecería, mañana, si saliéramos a comer por ahí los dos?

—Me encantaría. Pero ¿no tienes alguna cita?

—A las once, con Weill. Y no me apetece comer con él.

Se estaba cayendo de sueño, estaba conteniendo un bostezo, le palpitaban las sienes y le picaban los ojos.

—¿Quieres que nos vayamos a la cama?

—¡Pues sí!

¿Le habría gustado a ella hacer el amor? Sería más amable por su parte. Hubiera parecido más una reconciliación. Mientras se desnudaba, se preguntaba si tendría valor, y lamentaba haberse acostado con la doncella, esa mañana. ¿Sabía Alice que él se había acostado con Camille cuando ella aún estaba en el cuarto de la niña? ¿Comprendería por qué?

Fue a meterse con ella en la cama, y se le acercó de un modo que ella conocía bien. Las dos lamparitas estaban encendidas en las mesillas de noche. El resto de la habitación estaba poblado de sombras, como la sala de radiografías del profesor Biguet.

—¿Ya no estás triste?—susurró.

—No he estado triste.

—¿Por qué?

—Sabía qué pasaba.

—¿Qué es lo que sabías?

—Te conozco, Émile. Reconoce que tienes sueño.

—Sí.

—Y que no tienes ganas de hacer el amor.

Porque él había empezado a acariciarla sin convicción.

—Me lo estoy preguntando.

—Pues a mimir.

—¿Y tú?

—Yo también.

—¿Mimir en paz?

—Sí.

—¿Feliz?

—Sí.

Fue ella quien apagó las dos lamparitas, encerrándolos repentinamente en las sombras y la inmovilidad.

Por dos veces, antes de quedarse dormido, alargó la mano para asegurarse de que no estaba solo, y tocó la carne caliente.

—¿No duermes?—susurró ella.

—Casi.

Tenía un poco de miedo, porque recordaba que, poco antes, en su camerino de Buttes-Chaumont, cruzó involuntariamente las manos sobre el pecho cuando estaba adormilado. Pero sería probablemente en esta habitación donde moriría, o donde le instalarían una vez muerto. El lecho databa de varios siglos, tal vez de la época de Carlos V, con escudos de armas esculpidos en los paneles. En tiempos de Consuelo, el dosel con sus columnas y cortinas aún estaba. En la actualidad aún resultaba impresionante, y daba la sensación de que muchas personas agonizaron en él, y estuvieron tendidos allí, cerúleos, a la luz de los cirios, para su última exhibición solemne.

—¿Duermes?

Se diría que adivinaba sus miedos y se las componía para rozarlo, igual que un rato antes en el cuarto de la niña, como sin darse cuenta. Debió de dormirse el primero, y transcurrió un rato bastante largo hasta que empezaran su pesadillesca acusación.

No negaba, desde luego, haber matado. El hecho en sí carecía de importancia, a su manera de ver y a la de quienes le interrogaban. Esto pasaba en otro plano, mucho más elevado, pero lo que le angustiaba era que no parecían entender sus explicaciones.

—Hagan un esfuerzo, y ya verán cómo es muy sencillo —les decía—. Podrían intentarlo ustedes mismos, y verían como es i-ne-luc-ta-ble. Yo levanté el puño así, fíjense. Fue cuando se acercaba al rostro cuando mi puño se abrió, él solo, y los dedos empezaron a separarse, hasta el momento en que se posaron en la garganta.

Aquella gente no tenía ningún experto «técnico», mientras que para la película más insignificante contratan a un montón. Le indignaba que no se les hubiera ocurrido aún crear ese puesto.

Al principio, estaba casi seguro de que era a Alice a quien había matado. En fin, eso parecía. Luego, al reconocer a Cadot en el pretorio, enlutado, con el paraguas colgado al brazo, comprendió que se trataba de Viviane.

Eso cambiaba las cosas, evidentemente, sobre todo porque no conocía la casa donde vivía Viviane.

Ahora bien, la casa era lo esencial de su defensa. No lo entendían tampoco, permanecían impasibles mientras él les explicaba el papel que desempeñaba la casa.

—Así que yo, yo tenía una...

¡Bueno! La verdad es que ya no sabía si era de la avenue George V de lo que hablaba o de la cabaña en la marisma, donde su cama, en invierno, era una isla «rodeada de agua por todas partes». Quizá fuera incluso el apartamento de la rue Chaptal, donde Yvonne había muerto.

—Yo ya no estaba allí, ¿comprenden? El que estaba era el otro, el sucesor.

Eso tampoco les entraba en la cabeza. Para ellos, el otro o él eran lo mismo, o más exactamente, parecían considerar, en su particular lógica, que el otro era sólo un suplente, un sustituto—usaron el término *suplente* como si pertenecieran al mundo del teatro—, *del que él seguía siendo responsable.*

—¡No, señores! No acepto la proposición.

Y una voz exclamaba alegremente a sus espaldas:

—Se rechaza la proposición. ¡El siguiente!

Sólo que el siguiente volvía a ser él. Con aquella gente había que actuar de otra manera. En vista de que no eran sensibles a los argumentos racionales, intentaría llegarles al corazón. Debía de estar previsto, porque le trajeron con toda naturalidad una botella de vino tinto.

—Toda mi vida, señores, me he esforzado...

¿Por qué el joven Jouve, que acababa de servirle el vino, adoptaba un aire avergonzado, como incómodo al ver a Maugin hacerse un lío?

Y la verdad es que se estaba liando. ¿Esforzarse en qué?

—He luchado...

¿Luchado contra qué?

—He... ¿Qué? ¿Qué? ¿Qué?

La pregunta, que se le escapó desdichadamente de los labios, seguía resonando, amplificada, como un concierto de cornejas: «¿Qué? ¿Qué? ¿Qué?».

Aquello, al parecer, constituía la condena. Debía de ser así, porque la gente se apartaba para dar paso al verdugo. Era el doctor Biguet, con bata blanca de cirujano, un gorro en la cabeza y el estetoscopio alrededor del cuello. Balanceaba la cabeza al andar, y suspiraba:

—Ya se lo dije.

—¡Perdone! Me prometió setenta y cinco años...

—¡Detrás, amigo mío, detrás! ¡No delante!—Y susurrando, con fastidio, añadió—: Interprete la escena como Dios manda, mi querido Maugin, mi gran Maugin. Aquí nos horrorizan los racords.

Tenía los ojos abiertos. Estaba seguro de no haber gritado. Ni siquiera jadeó, porque Alice no se despertó. Sentía en su cama una especie de amenaza solapada, envolvente, y, en silencio, sin hacer ruido, deslizó una pierna, y luego la otra, fuera de las sábanas. Ella suspiró en el momento en que él liberó de su peso el somier, pero como no había dormido mucho la noche anterior, y hasta puede que nada, tenía el sueño pesado.

No se atrevía a encender la luz, y sin embargo ésta le habría tranquilizado. Buscó a tientas el sillón que había cerca de la cama, un sillón ridículo que parecía para una escena de coronación, que databa de la misma época que la cama, negro y dorado, tachonado de escudos también y tapizado de terciopelo raído.

No dormía ya, o sea que ya no soñaba. Había terminado su pesadilla y se iba disipando a retazos. Dentro de unos instantes, ni siquiera se acordaría. Ahora bien, entre aquellos rostros del sueño que empezaban a borrarse, había uno que, por el contrario, se iba destacando, precisando, de un modo sorprendente, el del personaje que se mantenía de pie junto al juez, y estaba seguro de haberlo visto en alguna parte, de que tenía relación con acontecimientos recientes y penosos.

Alargaba la mano con precaución para no derramar el vaso de agua que había en la mesilla de noche, cuando ese mismo rostro entró en la vida cotidiana, y se convirtió en un joven alto y rubio, de un rubio muy claro, dorado, que llevaba un cuello de camisa «italiano», una corbata blanca y un traje negro de corte maravilloso. Era aquel cliente acompañado de dos mujeres, que, en el Presbourg, intentó acercársele para exigirle explicaciones, y que el dueño se llevó aparte a un rincón. Tendría unos treinta años. Era de piel rosada, con aspecto de buena salud y de estar cuidado como un animal de lujo. Debía de montar a caballo en el Bois de Boulogne, jugar al tenis y nadar en Bagatelle, y jugar al golf en Saint-Cloud. Sintió una oleada de rabia subirle a la garganta, contra aquel hombre y sus semejantes que venían a felicitarle con condescendencia las noches de preestreno.

Estaba satisfecho de sí mismo, el hombre rubio, satisfecho de su casa, de la vida, siempre satisfecho, en todas partes.

—¿Dónde estás, Émile?

Incorporada en la cama, Alice buscaba el interruptor, y miraba con asombro a Maugin, sentado, con una mueca malévola, en su sillón salido de un lienzo de Velázquez.

—¿Qué pasa?

—Tenía calor. Me levanté un momento.

Bebió un vaso de agua, lentamente.

—¿No estarás enfermo? ¿Quieres que llame al médico?

—Estoy muy bien.

Ya había pasado.

—¿Sabes, pequeña? No soy tan malo como parezco.

—¿Quién ha dicho que tú seas malo?

—Yo.

—Estás loco, Émile. Eres el hombre más bueno del mundo.

—No, pero tampoco soy el peor. Algún día, si tengo tiempo, te lo explicaré.

Las palabras «si tengo tiempo» no le chocaron, creyó que aludía a sus jornadas tan llenas.

—¿Quieres un somnífero?

—No lo necesito. Voy a dormir.

Durmió, en efecto, hasta la mañana. Cuando no iba al estudio, no le despertaban a las siete. Tenía tiempo para oír, desde la cama, cómo iban orquestándose los ruidos mitigados de la casa. No tocó el timbre para que Camille le trajera el desayuno, sino que fue, en bata, con el pelo pegado a la frente, al cuarto de la niña, a donde la señora Lampargent acababa de llegar. Para divertir a su mujer, hizo una mueca a espaldas de la niñera. Luego fue a la cocina, donde la cocinera detestaba que se sirviera él mismo el café «porque lo derramaba por todas partes».

Ya no llovía. El suelo ya no estaba mojado. Las aceras, las casas, el cielo, eran de un gris duro que recordaba el día de Todos los Santos, no faltaba nada, ni siquiera el viento en las chimeneas.

Era raro que él holgazaneara por casa, y retrasaba el momento de bañarse para seguir el mayor tiempo posible en bata y zapatillas.

La mayoría de sus películas comportaban una escena en bata, que los directores introducían porque le sabían irresistible así. Uno de los baúles de mimbre, de los treinta y dos baúles de mimbre de la habitación de atrás, contenía todas las batas que había llevado en el escenario o la pantalla.

CAPÍTULO 5

La de hoy era de seda gruesa, sujeta con un pesado cordón. Le gustaban de seda, y la gente que sonreía en el patio de butacas no se figuraba que llevó por primera vez una bata a los treinta y dos años, en un sketch cómico, y que hasta los veintiocho no tuvo ni pijama ni camisa de dormir, que dormía con la que llevara puesta, y que, a falta de zapatillas, para ir a asearse metía los pies en los zapatos con los cordones sueltos.

Después, ritualmente, a cada película o a cada obra se hacía pagar una bata por el productor o el director. Era una pequeña venganza. Y Perugia le confeccionaba, «siempre a cuenta de ellos», las zapatillas a juego, tenía un armario lleno.

¿Qué aspecto tendría aquel piso *al día siguiente*? Sí, bueno, al día siguiente de la noche o la mañana en que... Valía más no pensar en esa palabra. ¿Habría mucha gente? Alice se refugiaría sin duda en el cuartito, al lado de la habitación de la niña, donde había dormido esta noche.

—¡La señora no está visible!—contestaría Camille tomándose muy en serio su papel.

Los periodistas entrarían de todos modos, y los fotógrafos. ¡Aquella vieja zorra de Juliette Cadot sortearía a todos hasta ponerse en primera fila, y sería su momento, ahora o nunca, de cobrar entrada! ¿Y Cadot? ¿Aún de luto, quizá, por su mujer? (Tocó madera). Maria, su ayudante de vestuario, encontraría enseguida el camino a la cocina, y se serviría una taza de café, dejándose caer en una silla «por sus pobres piernas».

¿Vendría también su hermana Hortense, muy digna, como preparada por su propia viudez?

Hacía meses, años, que no la veía, y hoy hacía un tiempo que ni pintado para ella. La verdad es que no sabía por qué, pero las raras veces que fue a verla a Villeneuve-Saint-Georges, había sido como quien va al cementerio.

Dudó. Había pensado en ella varias veces estos días por casualidad, y anteayer se la mencionaba a Biguet: era en efecto la hermana a quien Nicou manoseaba y que le reportó veinticinco céntimos.

—¿Oiga...? ¿El Hotel de l'Étoile? Querría hablar con el señor Jouve. J de Julio, O de Óscar, U de urinario, V de... Perdone, señorita, no sabía que ya lo había entendido.

Durante mucho tiempo también él estuvo viviendo en un hotel, como Jouve, y en aquella época sentía unas furiosas ansias de tener su propia vivienda, miraba las fachadas y las familias reunidas a la luz de la lámpara como mira un mendigo los escaparates de las charcuterías.

—Sí, jefe.

—¿Te molesto? ¿Está ella aún en la cama?

—¡Pero si no hay nadie, jefe! Se lo juro.

—A mí me da igual.

—A mí no.

Él hizo un gesto de desagrado, recordando el pequeñísimo incidente de la víspera, y el rubor de Jouve, en su camerino.

—Llama a Weill y dile que no iré a la cita.

—¿Yo tampoco?

—Ve tú si quieres, pero no prometas nada.

—¿Paso a verle a usted por la avenue George V?

—No hace falta.

—¿Seguro que no me necesita?

—Seguro, señor Jouve. ¡Y ahora le dejo!

La insistencia del muchacho era explicable, porque, cada vez que Maugin le dejaba libre, era para reclamarle una hora o dos después, o hacerle buscar en todos los sitios que frecuentaba, y a veces hasta para despertarle en plena noche.

—¡Alice!

—Sí.

—Adrien se va a pasar el día al campo con su novia.

—¿Tiene novia?

—¿No lo sabías? Una pelirroja como un tren, con unas tetas así.

—Yo no veo en absoluto a Jouve con una mujer.

—¿Con quién, pues? ¿Con un hombre?

—Quizá.

Alice tenía una cara inocente. Todas tienen una cara inocente. Consuelo también, que le engañaba con todos los muchachos de pelo engominado y piel mate, y corría luego a confesarse en unas iglesias inverosímiles para las que tenía especial olfato, y elegía sus «directores de conciencia» en alguna de esas órdenes estrambóticas cuya existencia ni siquiera sospecha la mayoría de la gente.

Cuando se entregaba con ella a ciertas fantasías, exclamaba muy seria, con aquel acento suyo que hacía la cosa aún más cómica:

—¡Es un pecado, Émile!

En el restaurante le paraba la mano:

—Vas a cometer un pecado mortal, Émile. Hoy es viernes.

Vivía en un mundo en el que el pecado ocupaba un lugar importante, en el que era una especie de personaje, y al que se las ingeniaba para amansarlo, para estar a buenas con él.

A veces, cuando él acababa de hacerle el amor y a ella no le había dado tiempo de gozar, le pedía:

—Hazme el pecado, ahora.

Lo tremendo es que Consuelo acabó, no haciéndole temeroso ni dándole escrúpulos, pero sí al menos turbándolo, instilando en él cierto sentimiento de culpabilidad.

—¿Ha llegado el correo, pequeña?

—Lo he dejado en el escritorio del señor.

Yvonne Delobel, por su parte, le inculcó la noción de postigos verdes. No era grave. Lo que no quita para que, después de la una y la otra, él ya no fuera el mismo hombre.

El pecado, los postigos verdes, todo eso acarreaba numerosas consecuencias inesperadas no visibles a primera vista.

¿Pasaba lo mismo con lo que él dijera, lo que él hiciera, a lo largo del día?

¡Bueno! ¡Allí estaba! ¡Le había faltado tiempo, al pedazo de infeliz de Cadot! Una amplia esquela, con su orla negra que tintaba las manos, la crucecita negra grabada y toda una retahíla de apellidos: los Aupin, los Legal, los Pierson, los Meurel... «Sus padre, madre, hermanas, primos, primos segundos...».

¿Cuál sería el palmarés, en su caso? Cadot no, por supuesto, no tendrían tanto descaro. Ni la vieja Cadot, con mayor razón. Estarían Alice y Baba, y luego...

No era tan mala idea lo de ir a ver un rato a Hortense. Pero tendría que bañarse enseguida, pagar un taxi hasta Villeneuve-Saint-Georges, o si no pasarse casi una hora en el metro. Prefería deambular por el piso, mirándolas atarearse, a unas y otras. A todas, incluida Alice, les molestaba su presencia, porque se quedaba allí sin hacer nada, plantado en medio de una habitación para verlas trabajar.

—¿No te vistes?

—De aquí a un rato.

—¿Creía que tenías un compromiso?

—Lo anulé.

—¿Te encuentras bien?

—Perfectamente.

Estuvo jugando con la pequeña, delante de la señora Lampargent, que adoptaba un aire estirado. Era curioso que su hermana Hortense, que les había enseñado el trasero a todos los chicos del pueblo, se hubiera convertido

96

en la respetable dama que era ahora. No sabía exactamente por qué había pasado, sólo que había sido criada para todo en casa de un librero y friegaplatos en un restaurante.

En la actualidad era la viuda de Rolland, y habitaba en la casa más grande y señorial de Villeneuve, una casa de piedra, del siglo pasado, con una verja alrededor del jardín, sólida y oscura como una caja fuerte.

El retrato de Léon Rolland, el difunto esposo, en vida consignatario en el mercado central de Les Halles, y que llevaba un gran mostacho, te acechaba en todas las habitaciones, rodeado de una corte de desconocidos y desconocidas, en menor formato, todos por la parte de Rolland o Bournadieu. (La madre de Rolland era una Bournadieu, de Agen).

No por eso dejó Hortense de mantener el contacto con sus hermanas, y por ella sabía lo que había sido de ellas.

—¡Ninguna ha ido por mal camino!—proclamaba con orgullo—. ¡Y ninguna está en la miseria!

—¿Será que nuestro padre y nuestra madre merecieron ya bastante purgatorio por varias generaciones?

—No te permito que hables así, delante de mí, de nuestros padres.

Élise, la más pequeña, que apenas andaba cuando él se marchó, era la esposa de un patrón de pesca de La Rochelle.

—Lo que la entristece es no tener hijos. Pero son felices. Se han hecho una bonita casa en el barrio de La Genette.

—¿Y Marthe?

Llevaba una lechería en Lyon. Cómo llegó hasta Lyon, seguro que Hortense podía explicarlo, pero a él no le importaba saberlo.

—Uno de sus hijos va a venir a estudiar medicina a París.

—Y sin duda vendrá a verme.

—Naturalmente, ¿no? Eres su tío.

La palabra lo turbaba, le daba casi miedo, le provocaba casi la misma sensación de perder pie, de terreno pantanoso, que su cama la noche anterior.

—En cuanto a Jeanne…

Porque quedaba aún otra, casada con un colono, en Marruecos, y no estaba demasiado seguro de que no hubiera llegado allí por la ruta de las casas de citas.

—Ya ves que no tienes por qué avergonzarte de la familia. No todo el mundo puede ser actor.

No iría a ver a Hortense esta mañana, ya estaba decidido, no tenía ganas de nada más que de rezongar a sus anchas, y fue a rezongar un rato a la cocina, hasta que le echaron con la gran limpieza de los sábados.

Hay días así, en que todo está inmóvil, todo parece eterno. O inexistente. En el fondo, valdría más eso: ¡inexistente!

—Creo, Émile, que ya sería hora de que te vistieras. Si es que sigues con la idea de llevarme a comer por ahí.

Le sonreía como a un niño grande, y era ella, la pobre, con sus veintidós años apenas, la que acababa de empezar a subir la cuesta.

—¿Oiga? ¿El Café de Paris? Resérveme una mesa para dos, al fondo, la del sofá contra la pared. Soy Maugin… Maugin, sí. Gracias, chico.

No era por complacer a Alice por lo que la llevaba al Café de Paris, porque a ella no le gustaba ese tipo de restaurantes. A él tampoco. Estaba harto del Maxim's, del Fouquet's, del Armenonville, donde te encuentras siempre a los mismos tipos, que parecen dar vueltas como los caballitos del tiovivo.

Sólo que, de vez en cuando, le hacía bien, precisamente, ir a contemplarlos de cerca para ver de qué madera estaban hechos. Bien, o mal. Le daban rabia. Pero quizá algún día acabara por pillarles el truco.

Llevaba años observándolos y aún no había visto a ninguno estallar en una carcajada—o estallar en lágrimas—al mirarse en el espejo o al mirar a sus camaradas.

Porque eran una especie de banda. Él, al hacerle entrar, iba a sentarse, rezongaba un poco, representaba su parte del papel, y venían incluso a darle la mano.

—¿Cómo vamos, Émile?

O bien:

—No está nada mal, oye, tu película, la del fulano ese, cómo se llama, el tipo que se tira al agua... ¡Tú sí has dado con el filón...! ¿Nos vemos en Longchamp?

Le daban ganas de contestar: «¡No, señor! ¡No voy a Longchamp, yo! ¡Soy un hombre honrado, yo, y un hombre honrado, trabaja! Yo soy un idiota, y todavía me creo las historias que me cuentan. Y sonrío cortésmente a la bondadosa dama... Perdón, señor juez... Buenas noches, señor ministro... Le presento mis excusas, mi querido maestro...

»No es verdad, no me las creo.

»Sólo que yo hago como que me las creo.

»A mí me sabe mal no creérmelas.

»O no creérmelas del todo.

»A menos que sea creérmelas un poco.

»Y, desde hace años, estoy esperando ver si, por casualidad, alguno de ustedes se sentirá incómodo y se tragará el anzuelo...

¡Basta! ¡Qué estupidez! Ya era hora de tomarse los dos vasos de vino que le tocaban. Iba retrasado.

Abrió la puerta del cuarto de baño de su mujer, y al encontrarla en la bañera, alguna cosa se le pasó por la cabeza. Sólo que a ella no le gustaría ahora que tenía que vestirse para ir a comer fuera. Y Camille no le apetecía. La víspera, estuvo horas impregnado de su olor, y es cierto que las pelirrojas huelen.

—¿Te vistes?

—Sí. ¡Me visto, pequeña!

Por complacerla. Hacía montones de cosas por resultar agradable a la gente, y después, les guardaba rencor. «¡Pánfilo!».

Se puso a silbar, y se quitó el pijama mientras el agua iba llenando la bañera.

—Al teléfono, señor.

—¿Quién me llama?

—El señor Jouve.

Fue, completamente desnudo, sacando la barriga, pero no tuvo la suerte de encontrarse a la señora Lampargent.

—¿Cómo? ¿Que si no quiero comer? Dile a Weill que voy a comer *con mi mujer*. No señor. Con mi mujer sola y no con ella y el señor Weill. Nosotros no mezclamos. Saludos.

Siempre lo mismo, Weill era precisamente uno de los tipos en que pensaba poco antes.

Era divertido vestirse los dos a la vez, con los dos cuartos de baño abiertos, y jugaba a hacerse máscaras grotescas con la espuma. Alice se reía.

Le hizo el nudo de la corbata. Llevaba un bonito traje de chaqueta negro que la hacía muy jovencita, y todo fue aún más encantador cuando alzó a Baba para darle un beso antes de irse.

Cogieron un taxi, en la esquina de los Campos Elíseos. Algo amarillo en las nubes permitía imaginar que el sol aún existía en alguna parte y volvería.

—Al Café de Paris.

—Bien, señor Maugin.

—Tiene su mesa reservada, señor Maugin.

—Por aquí, señor Maugin.

—¡Hola, Émile!

—Buenos días, hombre…

Llegó a la mesa, siempre la misma, al fondo, desde donde podía ver toda la sala. Alice se estaba sentando la primera, mientras él hacía una pausa antes de instalarse, inmenso, mirando de arriba abajo a su alrededor.

Finalmente corrieron hacia ellos la mesa a la que estaban sentados, como para encerrarlos.

—¿Qué te pasa?

Alice no veía la carta que el maître le tendía, sino que miraba fijamente, por encima, a un punto preciso de la sala, a una pareja que estaba allí comiendo, una mujer muy guapa, y que lo sabía, que se sabía perfectamente ataviada, hasta el menor diamante, y un joven alto de pelo dorado que le hablaba a media voz, con una sonrisa en la comisura de los labios, y los observaba.

Era el tipo del Presbourg. Y de su sueño.

6

Maugin no se hubiera atrevido a imaginar que ella fuera tan valiente ni, sobre todo, que su primer gesto sería apoyar la mano enguantada en la suya. Comprendió que ella necesitaba esforzarse para cerrar los ojos, y, durante unos momentos bastante largos, mantuvo los párpados muy apretados, los rasgos inmóviles, con apenas una palpitación de la nariz y un estremecimiento en la comisura de la boca.

Ya pasó. Miraba al maître, aun sin verlo o viéndolo borroso.

—Si puedo permitirme una sugerencia, señora, le aconsejo un *soufflé* ligero, y luego una codorniz en canapé.

—Luego, luego—gruñó Maugin con un expresivo ademán.

—¿La señora no tomará un cóctel mientras tanto?

—¡Déjenos en paz!

Las dos manos, en la banqueta, cambiaban de posición, y la gruesa manaza de Maugin cubría la mano aún enguantada de Alice, acariciándola suavemente. Era un modo, en medio de toda aquella gente, de hablarle a su mujer. Y era también para él un modo de imponerse una calma relativa. Aspiraba con fuerza el aire, y esperó a que su respiración se hiciera regular para, con la mano libre, empezar a retirar la mesa.

—¡Voy a partirle la cara!

—¡Te lo suplico, Émile! ¡Hazlo por mí!

Le estaba agradecida por ahorrarle las preguntas, pues no le había preguntado: «¿Es él?».

No le hizo falta un dibujo para comprender. La pareja, algo más allá, seguía pendiente de ellos. Con la barbilla apoyada en los dedos doblados, el hombre hablaba, mirando a Maugin y a la mujer de éste con los ojos entornados, a través del humo del cigarrillo, y, por el rictus burlón, algo despectivo, de sus labios, y por el modo de ir dejando caer las sílabas, casi podía reconstruirse su discurso.

No estaban a punto de irse. No habían comido más que los entremeses y les traían una botella de Chambertin. Era insostenible proseguir con la comida en aquella situación, con Alice temblando, sin saber dónde posar la mirada y manteniendo, Dios sabía a costa de qué, una sonrisa amable.

—¡Maître!

Con su voz rotunda, como si estuviera en escena, irguiéndose cuan alto era, empujando la mesa que le aprisionaba y que el maître no retiraba todo lo deprisa que él quisiera.

—Vámonos, pequeña.

—¿No van a comer, señor Maugin?

—Soy incapaz de comer, viendo ante mí unas caras que me quitan el apetito.

Fue más o menos en el centro de la sala donde pronunció estas palabras, separando las sílabas, subrayando cada una de ellas, y cuando todo el mundo tenía la vista fija en él. Maugin lo hacía expresamente, sin dejar de mirar al rubito a la cara. Hizo una pausa, para permitirle reaccionar a su dardo, y luego, como el otro no se movía, cedió el paso a su mujer y se dirigió a la puerta.

El gerente salió a su encuentro, desolado:

—Espero, señor Maugin, que no hayamos hecho algo que le haya disgustado.

—Es sólo un granuja al que seguro que acabaría tirándole de las orejas.

¡Para una vez que invitaba a su mujer a comer fuera los dos solos!

En la avenue de l'Ópera, la había rodeado por los hombros con gesto protector, pero seguía con la respiración entrecortada, excitado como una gran bestia furiosa.

—¡Es un patán!

Unos pasos.

—¡Un granuja!

Unos pasos más aún y al mirarla de reojo la vio totalmente pálida, a punto de desfallecer.

—Perdona, pequeña. ¡No debería decir eso!

—No es por él.

—¿Por quién, entonces? ¿Cómo que no es por él? ¿Qué quieres decir con eso?

—Que no es por él por lo que me siento mal.

—¿Pues por quién?

—Por ti.

—¿Cómo que por mí? ¿Qué he hecho, yo?

Se había parado en mitad de la calle, y la gente que pasaba, al reconocerle, se volvía a mirarlos.

—Ven, Émile, me he expresado mal. Es a ti a quien esto hace daño. Y porque te hace daño es por lo que…

Se sentía de pronto demasiado conmovido para seguir con el tema.

—Habrá que comer algo, de todos modos. Entremos aquí.

Era el primer restaurante que les salió al paso, con la fachada pintada de verde, en una calle transversal. Los colocaron junto a la ventana, y empujó hacia su mujer la carta a ciclostil.

—Pide.

Tiempo atrás, cuando le habló tímidamente de casarse con ella y de reconocer al bebé que esperaba, ella se estuvo negando bastante tiempo, y finalmente puso una condición:

—Prométeme que nunca intentarás saber quién es.

—¿Y tú? ¿Tú no intentarás volver a verle?

—Jamás.

No volvió a hablarse del asunto. Él lo había pensado alguna vez, sobre todo estos últimos tiempos, cuando jugaba con Baba y le hacía muecas, aunque lo cierto es que el hombre quedaba como en un plano teórico y él evitaba darle una forma concreta.

¡Pero ahora había cobrado forma!

—¿Qué has pedido?

—Unos callos.

Se estaba retocando el maquillaje, como para componerse una cara nueva, como se lava uno las manos tras tocar unas manos sucias.

—Ya ves, Émile. Habrías hecho mejor yendo a comer con Weill.

La habían puesto en mitad de una corriente de aire, y los abrigos, que olían a perro mojado, le daban en los hombros.

—¿Estás segura, Alice, de que esto no te ha apenado?

—Por mí no.

—¿Tú lo sabías?

—No me hacía ilusiones.

No era dramático, sino sucio, de esa suciedad banal y cotidiana que empequeñece a la gente y a la vida. El otro, que estaba comiendo con una mujer guapa—que con toda seguridad no era la suya—, debió de decir al verlos entrar, al ver la enorme silueta del actor que atravesaba la sala, arrastrando con él todo el aire: «¡Anda, el cornudo!». Con la punta de los dientes, como mordisqueando, como se escupe un trocito de madera. La víspera, para ir al estudio, Maugin llevaba un traje azul marino; no habría pasado desapercibido, ni siquiera con aquel traje, pero habría resultado menos llamativo que con la chaqueta de tweed de cuadros grandes que había elegido esta mañana. Quizá dijeron: «¡El muy payaso!».

Él lo hacía adrede, lo de parecerlo. Y en cuanto a lo de los cornudos, era casi su especialidad, le iban bien con su anchura de espaldas, con su edad, y los interpretaba continuamente en el escenario y la pantalla. Los interpretaba incluso de tal modo que había creado una nueva tradición, y el cornudo había dejado de ser simplemente cómico y, entre dos carcajadas, se veía a gente entre el público sonándose.

¿Acaso Alice se figuraba que por eso había querido partirle la cara a aquel patán?

«Dos meses antes de casarse, yo me acostaba con esa chica».

Y a lo mejor añadió detalles íntimos. ¡Venga, vamos! ¡Cuéntalo todo, cabrón de lujo! Entre los entremeses y el *coq au vin*, mientras te fumas un cigarrillo y te acabas la copa de Château-Yquem.

«Su hija nació a los seis meses de casarse… ¡así que echa la cuenta!».

¡Pues claro! ¡Enseña esos bonitos dientes! ¡Es tan divertido!

Incluso aquí, para darse aires, servían los callos en pequeños calientaplatos individuales, que eran de cobre en vez de plata.

—¡Come!—le ordenó.

Olvidaba que era a él a quien le gustaban los callos.

—Voy a probar.

Él tenía aún que contenerse, tenía arranques y le asaltaban las ganas de dejar a su mujer aquí un momento, volver al Café de Paris y agarrar por el cuello a aquel petimetre que acababa de remover en tan poco tiempo tantas cosas.

—Vendrás conmigo al teatro, esta tarde.

—No puedo, Émile. Es el día que libra la señora Lampargent.

—Llámala, desde aquí, y dile que no puedes volver hasta la noche.

—Ya sabes cómo es.

—¡Bueno! Voy a llamarla yo.

Fue inmediatamente, atravesando la sala, pequeña, en la que parecía desmesurado. Ella le veía aún, a través de la puerta acristalada de la cabina, hablando con aire ceñudo.

No había llorado, y él se lo agradecía. Lo encontraba muy bien. Volvía ya, misterioso, tras hablar en un rincón con la camarera, la pulcritud de cuyo delantal era dudosa, y poco después les traían una botella de vino del Rhin, el preferido de ella.

—¡A nuestra *salud*, pequeña!

Al igual que antes, ella apretó muy fuerte los párpados. Él añadió, buscándole la mano:

—¡Por Baba!—Su voz se ablandó en la última sílaba. No hacía falta. Era una tontería. Reaccionó—: Lo único que se merece, cuando me lo encuentre, es que le dé una bofetada.

Le habría gustado hacerla reír. Sabía que volverían sobre aquello muchas veces, sin duda, pero, de momento, debían evitar hablar de ello, pensar en ello.

—¿Te dije que Viviane ha muerto?

—¿Viviane?

Estuvo a punto, por distraerla, de contarle la verdadera historia de Cadot, pero se dio cuenta a tiempo de que no era divertida.

—¿Sabes, Alice, que creo de veras que te amo?

En aquel momento descubrían ambos a la vez que no se lo había dicho nunca en serio. Llevaban casi dos años casados y nunca había salido el tema de si se amaban o no. En el Midi, antes de nacer Baba, vivían como dos buenos amigos, o, más exactamente, dada la diferencia de edad, como tío y sobrina. A veces, a él le divertía decirle a la gente:

—¡Mi sobrina!

Ya en París, cuando ella se fue a vivir con él junto con la niña, se vio en un aprieto, porque no sabía qué habitación darle, ya que el cuarto contiguo al de la pequeña era estrecho y daba al patio.

—¿De veras he de tener una habitación?—preguntó ella.

Fue menos decidida para ocuparse de las mujeres del servicio, que la impresionaban un poco.

—Maria estará encantada de verte, y podréis charlar las dos, mientras yo estoy actuando.

Se esforzaba por presentarle tal cosa como una distracción.

—Bebe, pequeña. ¿No está bueno?

Él también lo tomaba, aunque no le gustase el vino blanco. Había estado a punto de pedir para él una jarra de tinto corriente, pero eso la hubiera llevado a pensar, erróneamente, que bebía por otra razón.

Era ella quien de vez en cuando miraba la hora.

—Tenemos que darnos prisa, Émile.

Vaya almuerzo raro. Ni el uno ni el otro estaban en la vida de todos los días. Tenían la sensación de estar de viaje, de comer en una ciudad desconocida, y siguió pareciéndoles extraño salir de aquel restaurante y subir a un taxi.

Había prometido no preguntarle quién era el hombre y no se lo preguntaría, ni siquiera ahora que le había visto la cara. Para saberlo, le bastaría preguntarle al maître del Café de Paris, o al barman del Presbourg. Maugin debía de habérselo encontrado varias veces sin fijarse en él.

—¡Va a nevar!—exclamó.

Y fue tan inesperado, tan poco acorde con lo evidente, pese a la blancura lívida del cielo, que Alice lo miró y estuvo a punto de soltar una carcajada.

—¡Pobre Émile!

—¿Por qué pobre?

—Porque llevas montones de gente a cuestas, y nadie trata de no hacerte sufrir.

—¿Quién me hace sufrir?

—¡Hasta yo!

—¡Pues estaríamos buenos, si hubiera que poner cara de catástrofe porque un insignificante cretino se hacía el guapo en el restaurante! ¡Chofer! ¿Qué hace? Chofer...

—¿Qué, señor? Me ha dicho al teatro...

—A la entrada de artistas.

Un taxista que no le había reconocido, y le miraba pagar con indiferencia, pendiente sólo de la propina.

—¡Hola!—le gritó al conserje al pasar delante de la cabina acristalada.

Si tenía la desgracia, de aquí a la noche, de beber aunque sólo fuera una botella de vino, haría un drama de aquella historia. Sabía incluso, por adelantado, todo en lo que pensaría. En el fondo, ya lo pensaba, pero no del mismo modo, sin tomarse las cosas a lo trágico.

—¡Adivina a quién te traigo, Maria...!

—¡Oh! ¡*Señori...* señora Maugin!

—¡Puedes llamarla Alice como antes, venga!

—¡Cómo ha cambiado!

—¿Cambiado?—gruñó él.

—Quiero decir que se ha hecho más fina, más señora. Que no se me olvide decirle, señor Émile, que acaban de llamarle ahora mismo por teléfono.

—¿Quién era?

—El señor Cadot.

—¿Otra vez?

—Se excusa por no poder pasar a verle, pero espera que lo comprenda.

—Eso está mejor.

—Necesita saber si tiene intención de asistir al entierro, porque en tal caso reservará un coche más.

—¿Otro coche fúnebre?

—¡Cállate, Émile!

—Bueno, si vuelve a llamar, dile que lo siento, que me habría encantado, pero que el doctor me ha prohibido asistir a entierros, por el corazón. —Y como su mujer le miraba, sorprendida, preocupada, aclaró—: Es una broma, por supuesto.

—Esta mañana me pareció verte tomar unas pastillas.

—Para la voz.

Con la bata echada sobre los hombros, se maquillaba, pensando que la tarde sería larga, porque habría que ir a cenar, y pasar además la velada. ¿Le diría a Alice que se quedara con él todo ese tiempo?

Quería evitar dejarla sola, pero aun así no dejaban de pensar los dos en el tema, cada uno por su lado, y tendrían que acabar sacándolo a relucir.

—¡A escena en cinco minutos, señor Émile!—vino a avisar el regidor.

Y fue en escena, hacia el final del primer acto, en el momento en que se encontraba rodeado de las cinco mecanógrafas, cuando se dio cuenta del disparate que había cometido dándoselas de listo. Se trajo a su mujer al teatro para distraerla del mal rato, para evitar que pensara en el otro. Ahora bien, debió de ser en el teatro en la época en que interpretaba a una de las cinco mecanógrafas, muy probablemente, habida cuenta de las fechas, donde conoció a aquel tipo.

Fue sin duda una noche en que él la esperaría en la entrada de artistas, cuando le hizo un hijo.

—¡Cretino!

—¿Perdón?

Proseguía mecánicamente, actuaba más ceñudo que de costumbre, mascullando las frases. Eso no tenía ninguna importancia, pasaba a veces, liquidaban la sesión de tarde deprisa y corriendo, de cualquier manera, sobre todo los sábados.

¿Qué harían al día siguiente, y los demás días? ¿Y esta noche, cuando volvieran, cuando ella abriera la puerta del cuarto de Baba para darle un beso?

—No pareces estar muy tranquilo—le dijo Lecointre tras caer el telón.

Conoció a Lecointre cuando tenía entre veinte y treinta años, y era el único de aquella época que no se había despegado de él, humilde, con tal discreción que Maugin le encontraba siempre algún papel secundario en sus obras, a veces de figurante o algunas réplicas en sus películas.

Tenía un rostro famélico, blanco como la tiza, y unas ojeras hasta la mitad de las mejillas. También él se había dado al vino tinto, pero procuraba no entrar en los bares donde estuviera Maugin.

Acabaría de vagabundo, era el hombre indicado para eso. De no ser por su amigo, ya estaría durmiendo bajo un puente, y ya había pasado alguna vez la noche en comisaría, tranquilo y educado, de modo que evitaban maltratarle.

—¿El hígado?—preguntó deslizándose tras él entre bastidores.

—Nunca he tenido nada de hígado.

—¿Te acuerdas de Gidoin?

—¿El que…?

—¡Chist…!

—¿El que tenía que estamparnos los billetes falsos?—siguió en voz alta.

—¿Y qué? Desde el momento que no nos salió bien y no los pusimos en circulación…

—Para ti, quizá no tenga importancia, pero yo a veces estoy en contacto con la policía. Te iba diciendo... ¡Ah, sí! Anoche estuvimos hablando de ti, Gidoin y yo...

—¿Vive aún? ¿Le queda algún jirón de los pulmones?

Pues su común amigo Gidoin se quejaba ya, a los veinticinco años, de tener «los pulmones totalmente destrozados». En apoyo de su afirmación, mostraba orgullosamente sus radiografías, como si se tratara de diplomas. Con las mejillas arreboladas, tosía, doblado, sujetándose el vientre con las manos: «Yo, como no llegaré a viejo...», decía.

—Tiene un pequeño taller, al fondo de un patio, en la rue de Mont-Cenis. Graba vistas de la place du Tertre y del Sacré-Cœur, y las vende de mesa en mesa en los cafés. No le queda mucho. No se atreve a venir por no molestarte. Ya no baja de Butte. Si tú quisieras, una noche...

Estaban llegando al camerino, y Maugin aguzó el oído, arrugando la frente, al reconocer las voces de Jouve y de Alice, que parecían estar charlando casi alegremente.

—Ya veremos—le dijo distraído a Lecointre—. Discúlpame.

Giró el pomo sin hacer ruido y abrió la puerta. Jouve, apoyado en la mesa de maquillaje, con los brazos cruzados y un cigarrillo entre los dedos, estaba tan animado como nunca lo había visto, parecía tan a gusto, casi chispeante, sin rastro de timidez.

Cuando miró a su vez a su mujer, ella ya había tenido tiempo de recuperar, si era necesario, la compostura.

Lo que más le sorprendía, era la atmósfera cordial, casi familiar, que reinaba, con Maria, más alegre también que de costumbre.

Nada más entrar, su masa parecía haber expulsado de la habitación aquel aire de levedad. Estaban ya como inmóviles, los tres. El joven Jouve despegó sus posaderas de la mesa, a la vez que dejaba caer los brazos, y Maria se dirigió al armario para buscar la peluca de forzado.

—Tengo una propuesta en firme de Weill, jefe, bastante más ventajosa que las que venía haciendo hasta ahora. Le compra su contrato a la Sociedad Siva y le firma a usted otro, de tres o seis años, por un número de películas que fijará usted mismo.

—Vaya un tema para darle conversación a mi mujer.

—Yo...

Ella acudió presta en su ayuda.

—Me estaba contando que ha descubierto un teatro de marionetas, no adivinarías dónde.

No tenía ningunas ganas de saberlo, ni falta que le hacía. ¿Habrían hablado también de la pelirroja con quien supuestamente el secretario había pasado el fin de semana?

—Dile a Weill que yo no firmo nada de nada.

—No tiene prisa. Pero quiere verle antes de que tome una decisión.

—No me va a ver, y mi decisión está tomada. —¿Por qué, en estas últimas palabras, su voz se hizo ampulosa? ¿Y por qué adquirió un tono dramático para añadir lo siguiente?—: ¿Entendido?

Como si los desafiara, tanto a su mujer como al joven Jouve y a la vez a Maria, como si desafiara también a Weill, y a otros, todo un mundo hormigueante que sólo él veía.

—¡La botella!

Se impacientó porque Maria lanzó una mirada inquisitiva a Alice y ésta pareció responderle: «Désela».

Era aún más difícil que en su sueño, más complicado, y lo peor era que siempre había que volver a empezar.

¿Llegaría alguna vez a ver el final? Estaba tan feliz, hace un momento, en ese restaurante del que no sabía ni el nombre, bebiendo vino del Rhin con Alice, posando delicadamente su gruesa pezuña sobre la mano de su mujer, para hacerle sentir que estaba allí, que la protegía, que se sentía orgulloso de ella por haber sido tan valiente.

Ahora, dejaba caer sobre el camerino una mirada vacía, o demasiado llena de cosas inexpresables, y volvería a ser malvado; le apetecía.

Cuando entre el público estaba su amante—y ese término no lo pensaba aposta—, ¿iría Alice a contemplarlo por la pequeña abertura del telón? Todas las principiantes lo hacen. La gente del patio de butacas sólo ve un ojo, que el interesado reconoce, y sonríe estúpidamente, satisfecho de verse en cierto modo en connivencia con el teatro.

El otro tenía razón: ¡era un cornudo!

De los de verdad, no de los que hacía él, que tenía a las espectadoras con la lagrimita siempre a punto. Un cornudo bien idiota, de una pieza, que se llevaba a una chica a la cama y creía tenerla ya en el bote.

La prueba es que ellos estaban más contentos, como si les quitaran un peso de encima, cuando no estaba él; que Jouve, de pronto, parecía un hombre de veras, y conseguía que sonrieran, y que Maria, instintivamente, adoptaba el aire protector de una vieja y animada alcahueta.

Observaba en el espejo sus rasgos feroces, y los subrayaba para transformarlos en los rasgos feroces de forzado del segundo acto, y a no ser por el histrionismo que requiere el teatro, no habría tenido que cambiar nada.

—¿Os habéis quedado sin habla?

La frase cayó en medio de un profundo silencio, y ellos se sintieron violentos.

—¿Le digo que no?

—¡Eso es! ¡Ve y díselo pronto!

—¿Mañana no me necesita?

—Ni lo más mínimo.

—En tal caso, me retiro.

La palabra evocaba una imagen obscena y abrió la boca, pero se contuvo a tiempo.

—Adiós.

—Adiós, silla. Adiós, pared. ¡Adiós, *puerta*!

—¿Lo hacías expresamente, mostrándote duro con él? ¿Iba a serlo también con ella? ¿Para pedirle perdón mañana, tartamudear al teléfono y mandarle una docena de rosas?

No era más que un viejo gilipollas—setenta y cinco años, había dicho Biguet, y era un experto—, y lo que le tocaba era callarse.

Los tipos como Lecointre y Gidoin no se andaban con tantos remilgos, acababan con dignidad, si puede llamarse así. Arrastrados por la corriente de aire que se los llevaba suavemente.

Y fue Merlaut quien murió, porque alguien tiene siempre que pagar el pato, el hijo de un herborista de Orléans que se creía dotado para el canto, y que conseguía a veces introducirse en los coros de la Ópera, las noches en que hacía falta mucha gente.

Merlaut estaba al corriente de lo del intento fallido de los billetes falsos de Gidoin, pero se lo tomó a pecho, se creyó un tipo duro, y le detuvieron dos años después por cheques bancarios firmados a nombre de un tío suyo, y finalmente se ahorcó en la cárcel, con tiras arrancadas de su camisa.

—¡Que pasen los párvulos!

Ya sabía quiénes eran, los sábados por la tarde, cuando llamaban a la puerta, durante el entreacto: jovencitas y colegiales que venían a que les firmara el álbum de autógrafos. Había chicas gordas, flacas, audaces, tímidas, y había quizá una en el lote que llegaría a ser la razón de existir de un hombre, y quizá también una artista como Yvonne

Delobel, y otras que no serían nada en absoluto, figurantes, o que a continuación irían a que les acariciaran la entrepierna detrás de una puerta cochera.

Él firmaba, con una letra tan grande que con una palabra llenaba una página.

La puerta permanecía abierta. Por delante pasaba el regidor.

—¡Germain!

—Sí, señor Émile.

—¿Está por ahí el director?

—Probablemente en el control.

—¿Quieres llamarle, amigo?

La botella de coñac estaba en la mesa, la había recibido hacía poco de manos de Maria, y aun no se la había llevado a los labios.

—¡Se acabó, chicos! Ahora, salid. Tengo que quitarme los calzones. —Y como ellas lanzaban alguna mirada a Alice y a Maria—: Ésa es mi mujer. ¡Sí, mi mujer! Ella puede quedarse. La otra, la gordita de piernas hinchadas, es mi ayudante de vestuario, y ya se le ha pasado la edad. ¿Entendido? ¡Y ahora, largo!—Y a Maria—: ¿Cuántos minutos?

—Le quedan doce, para entrar en escena.

—Suficientes.

Alice, sentada detrás de él, un poco a un lado, le miraba en el espejo, y cada uno veía la cabeza del otro de través. Era divertido. Ella, así, con la cara levemente deformada, tenía todo el aspecto de una pequeñoburguesa, podría haberle firmado un autógrafo también.

—Quiero advertirte que no he bebido aún, que fue *antes* de empezar a beber cuando decidí hacer subir a Cognat. —Destapó la botella, echó un largo trago y la lanzó a la papelera, donde siguió manando—. Pase, señor director. Siéntese. Perdón, no quedan sillas; no se siente. ¿Garraud está bien?

—Supongo, hace tiempo que no le veo.

—Hace usted mal. Debería telefonearle enseguida y pedirle que se persone esta noche en el teatro antes de la representación.

En tres años, Garraud, su sustituto, no llegaban a diez las veces en que tuvo ocasión de interpretar el papel de Baradel.

—¿Quiere decir que usted no vendrá?

—Exactamente.

—¿No se encuentra bien?

—Depende.

—No le entiendo.

—Si me lo pregunta como amigo, le contesto que nunca me he sentido tan bien. Pero si es el director quien habla, le enviaré, conforme a mi contrato, un certificado de mi médico atestiguando que estoy jodido.

Dirigió una mirada de reojo a Alice y siguió hablando, de pie, mientras pasaba al otro lado de la cortina para meterse en su traje de forzado.

—Eso es todo, mi querido Cognat. Me marcho al Midi.

—¿Tiene algún motivo?

—Tengo cien mil.

—Dígame tan sólo el principal.

—Que estoy harto.

—¿Y de sus películas?

—¡También! Estoy harto, Cognat, y voy a hacer, a mis cincuenta y nueve años, por primera vez en mi vida, una cosa extraordinaria: voy a descansar.

El director miraba a Alice como para recabar de ella confirmación de la noticia.

—Cómo me iba a esperar…

—Sí.

—El público…

Reapareció, ataviado para el segundo acto, con rostro duro y obtuso.

—Ven conmigo, pequeña. Estate tranquilita al lado del bombero, que yo te vea.

Las niñas de hacía un rato, la gente de la sesión del sábado, no sabían nada. Veían a Maugin, a Maugin en *Baradel y Cía*. De vez en cuando, éste dirigía una mirada entre bastidores, donde Alice contenía las lágrimas.

En un momento dado, al pasar junto a Lecointre, musitó en voz baja:

—¡Los planto!

De modo que el viejo actor miraba, también él, a Alice con aire inquisitivo. ¿Tendría ella más datos que él? ¿Qué habrían entendido uno y otra?

Maugin añadía más texto de su cosecha que de costumbre, como haciendo malabarismos, como lanzando pelotas a lo alto de los telares, que recuperaba sin esfuerzo. En el tercer acto estaba desatado, hasta el punto de que los actores no sabían por dónde iban en sus réplicas.

Su voz sonó más henchida que nunca para exclamar:

—¡Ese canalla de Baradel!

Su voz sonó más engolada que nunca para exclamar:

—¡Ese canalla de Baradel!

Y nunca había conseguido tan perfectamente deshinchar las mejillas, y todo su ser, para balbucear, inmediatamente después, bajando la cabeza y mirándose fijamente la punta de los zapatos:

—¡Pobre viejo!

Y aun dijo algo más. Dijo:

—¡Pobre mierda!

Una carcajada, tras un instante de estupor, brotó de la

sala; de los actores presentes en escena, no todos consiguieron guardar la compostura.

—Ven.

—Me das miedo, Émile.

—A mí también.

—¿De veras tienes intención de irte?

Maugin pensó en el otro, a quien ella en su día buscaba por la rendija del telón, y replicó, desconfiado:

—¿Tú también vas a decir que no tengo derecho a descansar?

—No, pero...

—Pero ¿qué?

Estaban llegando al camerino.

—No querría que fuera por mí.

—No es por ti.

—¿Pues por qué?

Entonces, alzando los hombros monumentales, dio una respuesta ante la que Maria se santiguó furtivamente:

—¡Pues por Dios Padre Omnipotente!

Habría podido agacharse para sacar la botella de la papelera, porque le quedaba un poco de coñac. Dudó, no se atrevía, y empezó a desmaquillarse rezongando.

SEGUNDA PARTE

I

Miraba asqueado, a diez metros de profundidad, los bichos que se comportaban más o menos como vacas, y en un decorado no tan distinto a ciertos campos. La sombría vegetación ondulaba, y se ponía horizontal como al paso de una brisa, y la mayoría de los peces permanecían inmóviles, ramoneando o digiriendo; algunos cambiaban de sitio, lentamente, volvían a quedar inmóviles, olfateando a veces a uno de sus semejantes que pasaba.

Era la población de la plataforma continental, no eran muy grandes. Tenían el lomo oscuro, y sólo relampagueaban cuando se volvían en parte mostrando el vientre.

Los grandes estaban a más profundidad, en el talud, una grieta estrecha, clara, casi luminosa, gracias al reguero de arena que formaba el fondo. Allí vivían especies diferentes, cada cual a su estilo; los más grandes eran sólo sombras rápidas, a ras del lecho marino, y, un poco más arriba, en un hueco de la roca, moviendo convenientemente el cebo, lograbas hacer salir la cabeza recelosa de un viejo congrio.

A Maugin aquello lo mareaba y le producía náuseas. Miraba hacia otra parte, y el mareo persistía un buen rato. El mar estaba como una balsa de aceite, de un azul denso, con placas doradas, sin dejar por ello de respirar con una vasta respiración calmosa, insensible, y eso es lo que más aborrecía, ese movimiento lento del que, ya en tierra, no conseguía librarse en todo el día, y que, de noche, hacía aún bailar su cama.

El sol estaba ya alto, ardiente. La piel desnuda de los hombros y del pecho le quemaba.

—No vayas a coger una insolación—le había dicho Alice.

Al principio se apartaba con desagrado de los que se asaban en la playa, dándose la vuelta como en la sartén cuando un lado estaba ya a punto, y no sólo jóvenes, gigolós y señoras presumidas, sino también hombres maduros, ancianos, gente que dirigía grandes empresas, con responsabilidades importantes, y sin embargo jugaban a aquello con la mayor seriedad del mundo, con premeditación, poniéndose unas gafas especiales que les daban aspecto de pescadores de esponjas y untándose el cuerpo de aceite.

—Tengo mucho calor—dijo una vez, quitándose la camisa, con una mirada vacilante a Joseph.

—Tendrá más calor si se destapa.

—Y la brisa ¿qué?

—¿Y el sol?

Andando el tiempo, llegaría a «parecérseles». ¿Qué le faltaba aún? Ya tenía la barca. Tenía a Joseph, que llevaba una gorra de capitán. Aún no llevaba catalejo a bordo, pero tenía uno en el chalet, cerca de la ventana de su cuarto.

Ayer, le anunció a Joseph:

—No hay pesca, mañana.

—¿Usted cree, señor Émile?

—No lo creo. Lo sé. Porque soy yo quien decide, ¿no?

—Eso ya lo veremos, ¿eh?

Porque aquí, por muy Maugin que fuera, no se privaban de tomarle el pelo, por hacerle rabiar. Con pasar un día allí, ya estaba bien, para romper la rutina y probarse a sí mismo que podía emplear el tiempo de otro modo, si le apetecía.

Después, por la mañana, le despertaron los ruidos de la casa, los ruidos del exterior, el sol, las moscas, la vida que se precipitaba en su cuarto a través de las ventanas abiertas, casi tan hormigueante como la del fondo del mar. No necesitaba salir de la cama para ver el mar, y parte de los blancos muros de Antibes, y los barcos que salían del puerto.

—¡El café, Camille!

Lo que le gustaba era, sin lavarse, sin afeitarse, como los otros, ponerse los pantalones de dril azul, una camisa blanca y unas alpargatas.

—¿Está abajo el «automóvil»?

También había hecho falta comprar uno, porque la casa, en el Cap-d'Antibes, quedaba demasiado lejos de la ciudad para ir a pie. Por una especie de amor propio, decía siempre, con enfática ironía: el «automóvil».

¡Y el «chofer», Arsène! Una especie de chulo que siempre parecía burlarse de él, y que no le cabía duda de que se acostaba con Camille. No daba golpe las tres cuartas partes del día. Nadie daba golpe, aquí, ni el jardinero, el tío Frédin, que le impusieron al alquilar la casa, ni Joseph, que ahora estaba recogiendo su caña, con un enorme serrano rosa colgando en el extremo del sedal.

¿Qué necesidad tenía, cada vez que cogía un pez, de hacerse el gracioso?

—¡Veintitrés! ¿Y usted, patrón? ¡Ven aquí, chato, que te opere!

Operarle, era meterle dos dedos en las agallas para hacerle escupir el anzuelo y el cebo, tras lo cual lo introducía en el vivero, que volvía al agua.

—¿No pican, señor Émile?

—Yo no pesco nada.

—¿Sólo está remojando la caña? Apuesto a que si la recojo yo, tiene algo en la punta.

Maugin la recogió él, convencido de que no había nada, y al retirarla del agua, vio que había un pescadito ya cansado, un serrano también, que pesaría la mitad del de Joseph.

Era una fatalidad. Él nunca capturaba peces de tamaño impresionante, en todo caso «diablos», una porquería llena de espinas, que no se atrevía a tocar, y a los que no lograba arrancar el anzuelo.

—No se desanime, señor Émile. Todo llegará. Mire el señor Caussanel. Cuando llegó de Béziers, hace diez años, no distinguía un gobio de una doncella.

Maugin se preguntaba si Caussanel sería mayor que él. ¿Tres o cuatro años, quizá? Era un antiguo comerciante en vinos al por mayor, que no había olvidado del todo su oficio, porque se las arregló para colocarle una barrica a Maugin.

Allí estaba, un poco más lejos, debajo de un toldo. Porque había instalado un toldo en su barca. Estaba sentado en una silla de verdad.

Todo el mundo estaba allí. Aquello era, salvando la distancia, como la terraza del Fouquet's a la hora del aperitivo.

Se miraban unos a otros. Se hacían alguna seña. Cuando veían que alguno pescaba mucho, se acercaban haciéndose los desentendidos.

—¿Pican, por aquí?

—No mucho.

Caussanel era más bajo que él, menos ancho de hombros, pero mucho más gordo, con una redonda barriga que lucía con orgullo. No sólo le habían aceptado como pescador, sino que por la tarde participaba en su partida de petanca, a la sombra de las dos casas color rosa.

¿Sería eso en lo que él, Maugin, estaba empezando a convertirse?

—¿Por qué no vas a pescar, Émile?—le decían en casa cuando iba dando vueltas por allí rezongando—. Te distraería.

¿Distraerse viendo cómo Joseph, al que pagaba más que a un obrero especializado, pescaba peces ante sus narices y se burlaba de él? ¿Contemplando el fondo del mar, donde todos aquellos bichos parecían aún más afanados en vivir que los hombres?

¡Mira qué bien! ¡Exactamente como si desde allá arriba un Dios nuestro Señor retirado dejara caer ganchos invisibles con bistecs en el extremo para atrapar a los humanos y balas de heno para atrapar a las vacas!

Los peces no gritaban. No sangraban, por así decir. El anzuelo, al retirarlo, hacía chascar unos cartílagos. Heces marrones salían del agujerito del abdomen. Y metíamos la mano revolviendo en todo aquello, excrementos incluidos. Manejábamos lombrices viscosas, que enganchábamos vivas, o cangrejos ermitaños a los que había que romper la concha con un martillo en un banco de la barca, arrancarles las patas, la cabeza, y conservar sólo la panza rosada.

Y el olor también, en días como hoy, sin un soplo de brisa, le daba náuseas. La barca apestaba. Sus manos apestaban. Tenía la impresión de que hasta el vino blanco, en la garrafa que colgaban a refrescar por la borda en el costado, olía a marea y a lombrices.

Era una tontería decirle a Joseph que no vendría más. ¿Qué haría si no? Desde allí podía ver el chalet, a lo lejos, en medio del tupido verdor de los árboles, era aquél del techo rodeado de balaustres blancos y con las ventanas abiertas. A veces un personajillo se agitaba en el marco de una de esas ventanas, y era como ver a los peces sacar el morro por el hueco de la roca.

—¿Volvemos?—dijo.

—Dos minutos, que atrape a ese que noto en el extremo de la caña.

No sabían qué hacer con todo aquel pescado. La mayor parte de las veces, la cocinera lo tiraba, porque en el Cap-d'Antibes a nadie se le ocurriría llevarles lo que uno pesca a los vecinos. ¿Tenía vecinos, él? No sabía ni cómo se llamaban. Los nombraban por las placas: «Villa del Mar», a la derecha; «Las Margaritas», a la izquierda.

—¿Quiere pasarme la garrafa, señor Émile?

¡Bebían a morro! Joseph, sin embargo, no tocaba el cuello de la garrafa con los labios, la alzaba muy por encima de la cabeza y bebía a chorro.

Maugin incluso había llegado a beber vino blanco, un vino espeso y pesado, menos repugnante sin embargo que un vino tinto zarandeado durante horas al sol. Había probado el tinto y lo había vomitado.

La cabeza iba a explotarle debido al vino, el sol o el mar, y a veces miraba a éste con odio, o con un terror vago, por todo cuanto descubría en él. (Las flores que comen pececitos, por ejemplo).

Más le hubiera valido no verlo más que como en las tarjetas postales, desde La Croisette, en Cannes, o, en Niza, desde el Paseo de los Ingleses, con tranquilizadoras palmeras, farolas o balaustradas, sin constatar nunca de cerca que era un mundo aún más complicado que el nuestro, más feroz y más desesperado.

¿La gente no se daba cuenta? Para Caussanel, por ejemplo, era sólo cuestión de peso. Llevaba una romana en la barca, así que podía exclamar al llegar a puerto:

—¡Ocho libras y cuarto!

En cuanto al señor Bouton, sin duda era senilidad. Caussanel vivía en una casita, en el mismo Antibes, y no podía decirse que fuera una villa. Tenía a su mujer con él, que le hacía las veces de criada, y vivía modestamente. Los Bouton, en cambio, eran propietarios, en el Cap-d'Antibes, de una gran villa cuidada con esmero, un poco más allá de la de Maugin. Era un hombre muy bajito, vestido siempre con un traje blanco, y tocado con un casco colonial. Era tieso como un juguete mecánico, con movimientos sincopados que hacían pensar en unas articulaciones oxidadas. Al verle con su mujer por la carretera, daba la impresión de que ella debía de darle cuerda de vez en cuando para volverlo a poner en marcha.

Cada día, a las seis de la mañana, en el momento en que sonaban las primeras campanas de Antibes, salían del puerto a bordo de su barca, cuyo motor tenía un zumbido reconocible, más agudo que los otros. No iban lejos, siempre en las cercanías de la última boya. Sentada en la zona de proa, la señora Bouton no atendía ni al barco ni a la pesca ni al mar. Con un casco de corcho sobre el cabello gris, hacía punto, sin duda para sus nietos, mientras el señor Bouton aplastaba pacientemente mejillones con una gran piedra y los repartía entre sus nasas, que echaba luego al agua, atadas de una en una a un cable al final del cual había una boya.

Cuando ya tenía una nasa en el agua, volvía a poner el motor en marcha, e iba a echar la siguiente algo más lejos, y luego la siguiente, y así sucesivamente, hasta doce. Todo eso formaba un amplio círculo de corchos que flotaban sobre el agua aceitosa, y después daba la vuelta para retirarlas, una tras otra.

No pillaba—no hubiera podido, de hecho—más que doncellas, unos peces pequeños y brillantes, rayados de azul y rojo, de unos quince o veinte centímetros de largo, aptos para sopa o, en el mejor de los casos, una fritura que no era más que espinas.

¿Comerían sopa o fritura cada día?

Tres, cuatro, cinco veces llenaba sus nasas todas las mañanas, con calmosa y serena obstinación, sin dirigir una mirada a los otros pescadores, al cielo, ni al paisaje; sabían su nombre por casualidad y que había sido, lo era aún, propietario de una de las más importantes hilaturas del norte.

¿Acabaría Maugin poniendo nasas para doncellas?

Ni siquiera tenía a quien echarle la culpa. Al principio, nadie le aconsejó que pescara. Sólo por propia iniciativa iba a rondar, los primeros días, por los alrededores del puerto.

El idiota de Jouve le había aconsejado:

—Debería probar el golf, jefe.

¡Santo Dios! ¡Ponerse, a su edad, a pegarle a una pelotita blanca, con unos complicados bastones que un chaval le llevaría en una especie de mochilas con sus iniciales! Los veía, al ir en coche a Cannes o a Niza. ¡Unos terrenos de un verde increíble, mejor regados que cualquier huerta, peinados como perros de lujo, con unos agujeritos, unos pequeños rótulos, y unos individuos que caminaban dándose importancia detrás de la pelota! Aquellos individuos también eran unos personajes, algunos incluso ilustres. Y estaba lo del pabellón del club. Había que ser miembro del club.

Habría más bien jugado a petanca. ¡Quién sabe si no esperaba con cierto despecho que vinieran a invitarle!

Empezó por mirar a los pescadores que reparaban sus redes, sentados en su barca o en la piedra caliente del muelle, tensando las mallas con ayuda del dedo gordo del pie.

Después, poco a poco, se puso a examinar las embarcaciones, sobre todo las de aficionados.

—¿Un paseo por el mar, señor Maugin?—le propuso un pescador con jersey de rayas, que no era otro que Joseph.

No lo dio, aquella mañana. Al día siguiente, vio hombres como él, o por lo menos de su edad, y de sus carnes, salir solos del puerto al timón de su barca. Parecía más fácil de guiar que un coche y trazaba graciosas curvas sobre el agua.

—¿Damos una vuelta por la bahía, señor Maugin?

Joseph lo embaucó. Le dejó llevar el timón, por supuesto, y, efectivamente, era fácil y agradable, y se oía el gluglú del agua a lo largo del casco.

—¿Es verdad que piensa hacerse una casa por aquí?

—¿Quién ha dicho eso?

—Todo el mundo. Parece que ha comprado un terreno.

No lo había comprado, pero estaba a punto.

—En tal caso, necesitará una embarcación.

Lo cual le pareció evidente, en aquel momento. Como ya no vivía en París, donde los productores le ponían coche a la puerta, se había visto obligado a comprar un «automóvil». Por la misma razón, hacía falta una barca a orillas del mar.

—¡Sobre todo abra el ojo no vayan a timarle!

Pasaron por delante del chalet en el momento en que Alice estaba en la ventana con Baba, y él les dirigió una leve seña protectora. Luego, cerca de una punta rocosa, Joseph le gritó, con aire excitado:

—Ponga deprisa el motor al ralentí. La palanca de la izquierda, sí. No hay más que girarla a la segunda muesca. ¡Cuidado! Dé media vuelta y vuelva a pasar por el mismo sitio…

Descalzo, evolucionaba con facilidad por la barca, como un acróbata en la cuerda floja, y caminaba por cubierta sin hacer tambalearse la embarcación, que no tenía más de cinco metros. Había cogido una especie de jabalina, una fisga, que blandía por encima de la cabeza.

—¡Un poco a la derecha! Más… Es bastante hondo, no tenga miedo…

Había lanzado la fisga, cuyo mango sobresalía en parte del agua, y cuando fue a retirarla, tras otra maniobra, una magnífica lubina se estremecía en su extremo.

—Es fácil, ya lo ve. Llévesela a su mujer.

Compró el barco, y nunca más cogieron ninguna lubina. Durante toda la tarde, Joseph jugaba a la petanca o contaba historias, en el muelle, a los turistas.

Salía caro. Nunca había gastado Maugin tanto dinero. Se

lo daba a todo el mundo por no hacer nada, y cada vez le exigían más, siempre por excelentes motivos.

Incluso la señora Lampargent, a la que hubo que subirle el cien por cien para decidirla a dejar París, donde tenía una hija casada y nietos. ¡Ahora la tenían a la mesa en todas las comidas, así que ya no estaba nunca a solas, puede decirse, con Alice!

Ahora, Alice estaba ocupada de la mañana a la noche. Cualquiera diría que hacía falta un regimiento para ayudar a vivir a un solo hombre.

Tenían cocinera nueva. La de París no quiso dejar la capital: «Sin París, me moriría», había dicho. Ahora bien, no salía del piso más que una vez al mes, ¡y era para ir a ver a la familia a Courbevoie!

Había también una segunda doncella, Louise, porque la señora Lampargent, al vivir siempre en la casa, daba más trabajo. Y estaba la cuestión de la ropa blanca, la plancha y lo de las provisiones.

—¿Vas a la ciudad, Émile? ¿Te molestaría que Arsène pare sólo un momento en la tienda de comestibles? He hecho la compra por teléfono, la tendrán lista.

Mandaban a Arsène a Niza a buscar cosas que no se encontraban, por lo visto, ni en Antibes ni en Juan-les-Pins. Había que llevar a Jouve al tren o irlo a buscar a la estación. Y había que contar también con la gente que él se encontraba en casa al volver de la pesca.

—¡Hola! Querido Émile. Qué sorpresa, ¿eh? Pasábamos por aquí, y hemos pensado que nos harías una bullabesa. Ya conoces a mi mujer. Te presento a mi cuñada y su marido...

Joseph exultaba.

—¿No se lo dije, que ya era mío? ¡Y éste no es un serrano, éste es un bicharraco!

Lo que fuera tiraba fuerte, en efecto, en zigzag, y finalmente Joseph sacó del agua una enorme escorpina de ojos
lúgubres.

—Ahora, señor Émile, puede levar el rezón.

Porque, a bordo, las más de las veces era Joseph el co-
mandante.

Maugin se levantó, con los hombros escarlata, casi san-
grando, se inclinó sobre la borda para levar el rezón, miró
una vez más el paisaje submarino, al que dirigió una mueca—así como a su imagen, porque se veía, flotando, en el
espejo del mar—, y lanzó de pronto una maldición, alzando el pie, y a punto estuvo de perder el equilibrio.

—¿Qué le pasa?

—Una mierda de anzuelo—gruñó.

A través de la lona de las alpargatas, un enorme anzuelo se le había clavado en el pie, y cuando Joseph le ayudó a
sacárselo, quedó en la tela un amplio círculo rosa.

Aquello pasó un martes, a las diez y pocos minutos de la
mañana, el primer martes de junio, a los cuatro meses de
instalarse en el Cap-d'Antibes.

A un cable de distancia, Caussanel, con el toldo reco-
gido, estaba también él poniendo el motor en marcha. El
juez, más lejos, debía de haberse adormilado en el fondo
de su barca azul. En cuanto a los Bouton, ella hacía punto,
y a él le quedaba aún media docena de nasas por recoger.

Maugin no había bebido más de medio litro de vino. Era
por el sol por lo que estaba colorado. Joseph le había dicho:

—Le tengo aconsejado de siempre que recoja la caña antes de ponerse a cualquier otra cosa.

Arsène, con el coche cargado de vituallas, estaba esperando en el puerto hacía un rato. En el chalet, era día de
plancha, y a Alice no le quedaba más remedio que echar
una mano si quería que las criadas terminaran.

Hacía calor. El calor emanaba más del agua que del cielo, y la marejadilla plana, imperceptible, que tan sólo dejaba una franja como una puntilla de encaje en las rocas del cabo, lo mareaba.

No sabía si era desgraciado, pero sí se sentía a disgusto, y al echar pie a tierra le sorprendió no ver a Jouve, que seguramente había llegado ya de París, y al que Arsène debía recoger de paso en la estación.

—El señor Jouve ha preferido ir andando al chalet. El equipaje está atrás, en el maletero.

El «automóvil» era un cochazo americano enorme lleno de cromados.

Por dos veces, entre el muelle y el coche, hizo una pausa, y no a causa del pie, que aún no le dolía. Era una costumbre que había adquirido, no sabría decir exactamente cuándo, desde el principio, sin duda, de su estancia en el Midi. Se notaba más gordo, aunque no había variado de peso.

Los muslos le parecían tan gruesos que caminaba separando las piernas para que no le rozaran uno con otro. Como si le faltara la respiración, se detenía de vez en cuando, con la boca abierta, como los peces.

Debió de hacerlo, la primera vez, porque el jardín del chalet hacía una pronunciada cuesta. Mantenía la cabeza alta para mirar a las ventanas, donde veía casi siempre a Baba, se paraba, y eso le permitía resoplar.

Ahora lo hacía en cualquier parte; hasta en terreno llano. Había adquirido otros hábitos, como beber vino blanco, y no sólo a bordo del *Doncella* (el nombre le habría ido mejor a la barca de Bouton, que le había puesto a la suya *Albatros*), sino en el pequeño bar de la esquina del puerto, el de Justin.

En realidad, bebía menos que en París, o en todo caso

no más, pero a veces le hacía más efecto, y un efecto distinto. Quizá por el sol, se sentía pesado enseguida, con dolores de cabeza, y una náusea casi permanente que le quitaba el apetito.

Dormía largas siestas, en su cuarto, con las ventanas abiertas, a donde le perseguía el rumor del mar y el canto de las chicharras, se despertaba taciturno, y si bien seguía echándole la culpa a todo el mundo, lo hacía con menos firmeza, de un modo disimulado, cabría decir, o quizá con cierta vergüenza.

En resumidas cuentas, que los demás no hacían gran cosa para ganarse la paga, pero él no hacía nada de nada.

En cuestión de pesca, Joseph, que había nacido a pocas casas del faro y conocía el más ínfimo hueco del fondo del mar hasta tres millas adentro, era más listo que él.

Arsène también, en su coche.

—¿No le parece que el motor se calienta demasiado?

—No, señor.

—¡Huele a goma quemada!

—Es la carretera.

Todo el mundo sabía algo mejor que él.

—¿No se riega, hoy?

—No vale la pena malgastar agua, va a haber tormenta esta tarde.

El ochenta por ciento de las veces, el jardinero, que tenía cara de cretino, acertaba.

—No, señor—le contestaba Oliva, la cocinera—. No lleva trufas, el gallo al vino.

Él seguía siendo Maugin, por supuesto. En el puerto, todo el mundo lo miraba. Los coches reducían la marcha al pasar ante el chalet, y a veces paraban del todo, y había gente que le retrataba. Le dirigían a veces la palabra, en la place du Marché.

—¿Me permite un segundo, señor Maugin? ¿Le molesta que mi mujer y el niño posen con usted?

Pero la verdad es que no le tomaban demasiado en serio. Caussanel le dijo un día, malicioso:

—¡Estupendo oficio! Si yo hubiera sabido, de joven, que el cine llegaría a ser una industria seria... Pero, en aquel tiempo, todo el mundo estaba convencido de que era cosa de broma...

Y Joseph:

—A mí, lo que me hubiera gustado era pasarme la vida con las actrices. ¡A cuántas se habrá trincado usted!

Lo decía en pasado. Y era casi verdad. Maugin no dormía en el mismo cuarto que Alice, y no era por culpa de nadie. Era por cómo estaba dispuesto el chalet.

Había soñado con una casita que uno pudiera impregnar de su propio olor, y acabó alquilando un vasto barracón estilo 1900, con montones de dependencias, rincones, saloncitos, gabinetes, ¡y hasta una sala de billar en el sótano! Todo era de color crema, todo, los techos recargados, los balaustres, la pérgola, y aquella especie de puente, a la altura del primer piso, que llevaba desde el edificio principal al pabellón. Los muebles eran ricos, macizos, de líneas evanescentes.

—¡Si tuviera que encargarlos hoy...!—les dijo con admiración el agente inmobiliario.

Una idea, por otra parte, que ya a nadie se le ocurriría. Maugin no tenía elección. Necesitaban todas aquellas dependencias. Parecía asombroso, pero se habían dado cuenta de ello al visitar otros chalets vacantes.

—¿Dónde ponemos a la señora Lampargent?

Porque era indispensable que tuviera su habitación al lado de la de Baba.

—¿Y a Jouve, cuando venga?

Conservaba a Jouve. Le resultaba necesario. Al principio, consideró la posibilidad de dejarlo la mayor parte del tiempo en París, desde donde haría sólo raros viajes al Midi.

Estaba casi todo el tiempo en Antibes.

—¿Y el cuarto de plancha?—le preguntaba Alice al agente inmobiliario—. ¿Dónde se plancha en esta casa?

—Supongo que los antiguos inquilinos llevaban a lavar la ropa fuera.

A ellos no les faltaba de nada. Sólo que el dormitorio principal contenía una cama teóricamente de matrimonio, pero demasiado estrecha para Maugin y Alice.

—Siempre podremos hacernos traer la nuestra de París.

Mientras tanto, Alice se instaló en la habitación contigua, porque en aquel cuarto no había sitio suficiente para una segunda cama. Él había adquirido el hábito de hacer largas siestas, de leer guiones, por la noche, en la cama, paladeando la última copa de vino, de vivir con más descuido. No volvió a hablar de la cama de París, desde donde fueron trasladando montones de objetos, poco a poco, jurando cada vez que aquello era lo último.

—En el Midi, no necesitaremos nada.

Todas las semanas, o casi, recibían nuevos baúles, sobre los cuales se abalanzaba ávidamente.

Dentro de diez días, si no cambiaba otra vez de opinión en el último minuto, estaría comprado el terreno, en La Garoupe, y el arquitecto empezaría los planos, cuyas líneas principales había esbozado él.

—¡Espéreme un momento!

Y entraba a echar un trago en el bar de Justin, con Joseph, que le esperaba en el umbral como si fuera una obligación.

—Debería llevarse el pescado, señor Émile. Hace dos días que no se lo come. A su mujer le gusta.

Hizo poner la bolsa en el coche, para no volver con las manos vacías. Cuando salía para ir a pescar o volvía, se instalaba al lado del chofer. Si no, ocupaba el asiento de atrás.

Cuando bajó del auto, el pie empezaba a dolerle, pero no exageradamente, y no fue por eso por lo que se detuvo dos veces al subir la pendiente. Se había puesto la camisa. No veía ni a Jouve ni a su mujer, lo cual le fastidió, así que no fue a saludar a Baba, cuya voz oía bajo los limoneros, arriba de todo del jardín.

—¿Dónde está Adrien?

Había entrado en la cocina, donde Alice estaba ocupada con la cocinera adornando una tarta.

—No entres aquí, Émile. No he visto a Adrien. Creía que estaba contigo. Sal enseguida con tu pescado. Sube a darte un baño y a ponerte guapo.

Por la escalera también se detuvo al menos una vez para tomar aliento.

—¡Camille!—gritó—. ¡Prepárame el baño!

Hacía el amor con menos frecuencia. Seguía siendo con ella con quien lo hacía más a menudo. Pero se olía que se acostaba con Arsène, y quizá también con Joseph, y temía que acabara pasándole alguna enfermedad.

Con su esposa, no era el mismo tipo de placer. Pertenecía a otro plano, a un ámbito distinto. Nunca hizo el amor con Alice como con las demás.

En cuanto a Louise, la criada nueva, no se había atrevido aún a llegar hasta el final. Le dejaba manosearla, y hasta le bajaba las bragas, pero permanecía ausente, mirando a otra parte, sin mostrar agrado ni desagrado, y él se sentía algo violento.

A Oliva, que tenía por lo menos cuarenta años y las faldas le olían a ajo, se la había tirado dos veces en la cocina. Ésa reaccionaba de otro modo. Sabía bien de qué iba la cosa.

Se reía como si le hicieran cosquillas, sin darse la vuelta, y luego decía, lista ya para sacudirse como una gallina:

—¿Ha terminado? No es usted muy rápido. Se tendrá que comer el asado quemado.

¿Era eso lo que le faltaba? No lo sabía. Probablemente no era sólo eso.

Biguet, a quien escribió largo y tendido—una carta a mano, que no dictó y que echó él mismo al correo—, le contestó: «Creo que lo mejor es proseguir la experiencia un tiempo más. Es pronto aún para juzgar los resultados».

A Biguet no parecía haberle entusiasmado su resolución. Su carta, que destruyó, era circunspecta, estaba llena de reticencias.

«Lo psicológico, en su caso, juega probablemente un papel más importante que lo orgánico. Sobre todo, evite el *hastío*».

Biguet había subrayado la palabra. Porque también él le había escrito a mano, lo cual Maugin agradeció.

—¿Qué tiene el señor en el pie?

Acababa de desnudarse en el cuarto de baño, y Camille le estaba preparando la máquina de afeitar y la crema.

—Parece que se esté inflamando—observó él.

—¿Le ha picado algún bicho?

—Un anzuelo.

—Debería ponerse un desinfectante.

Lamentaba, al mirar al espejo, haber expuesto, estos últimos tiempos, el torso al sol, porque, completamente desnudo, la parte inferior del cuerpo resultaba lívida, obscena.

—¿Parezco repugnante, Camille?

—No más que cualquier otro, señor. Los hombres, no es mirarlos lo que da gusto.

—¿A ti te da gusto lo que haces conmigo?

—Casi siempre. Menos cuando me deja a medias.

—¿Quieres ahora?

—Tengo trabajo con la colada, pero si va rápido...

—No. Gracias.

—¿Se ha enfadado?

—En absoluto. Yo no tenía ganas tampoco. Enséñame el trasero, que yo vea si tengo ganas.

Se lo enseñó, bien rellenito dentro de las bragas de punto.

—Ya vale, gracias.

Ahora le daba un poco de miedo hacer el amor en ciertas posiciones, porque, al cabo de poco, sentía una especie de contracción en el pecho, y estaba convencido de que era el corazón. Con su mujer, le pasaba todas las veces, quizá por poner más ardor, más emoción, quizá porque, a su pesar, siempre se sentía impresionado, y también porque en su fuero interno temía no hacerla gozar.

Ella le quería de veras, estaba convencido, pero le quería probablemente «de otro modo», esforzándose por no hacérselo notar, para no hacerle sufrir.

Con el otro, el rubito, se dejó embarazar, sabiendo bien a qué atenerse, y no le guardaba rencor, estaba seguro de que no le había guardado rencor ni siquiera por el incidente del Café de Paris.

¿Alguna mujer le había querido a él de esa manera, con ese amor?

Desear un hijo suyo no se le hubiera ocurrido a Yvonne Delobel, por ejemplo. Juliette Cadot no había tenido el suyo expresamente, sino por tonta. En cuanto a Consuelo, no le dejaba casi ni terminar y ya salía disparada al cuarto de baño, donde cualquiera diría que abría todos los grifos a la vez.

Se estaba vistiendo de blanco, como el señor Bouton, más exactamente de color crema, un traje amplio, vaporoso, que le daba, y él mismo lo notaba, un aspecto de elefante.

¡Anda! El coche que volvía. Había oído restallar la portezuela, y no recordaba haber mandado a Arsène a la ciudad.
El chofer debía de haber traído a alguien, porque se oía el
crujido de pasos por la grava. Maugin remataba su toilet-
te, rezongando, tras tomarse una copa de vino tinto, porque guardaba unas cuantas botellas en el armario de su habitación, como antes en el camerino de Buttes-Chaumont.

—¿Estás listo, Émile?—gritó Alice al pie de la escalera.

Cojeaba. Se había puesto tintura de yodo en la herida,
que le dolía, sin duda por culpa del zapato.

Al bajar la escalera, intuyó un gran acontecimiento inha-
bitual, y cuando entró al gran salón, Baba, toda de blanco,
con una cinta y un lazo en el pelo y un gran ramo de claveles rojos en los brazos, se adelantó esbozando una torpe reverencia.

—Feliz... ¡Feliz cumple... años, papá!

Alice detrás, un poco arrebolada, con flores también ella,
y un paquetito bien atado; y un Jouve azorado, cargado con
un bulto, un bulto enorme; y por último la señora Lampargent, digna, sonriente por una vez, que le tendía una
caja que contenía, seguramente, una medalla.

El comedor estaba lleno de flores, con *foie gras* en la mesa,
una cena elegante, y la tarta, que habían intentado hace poco
ocultarle, llegó adornada con seis velas encendidas.

¡Una por decena! Fueron esas velas las que desencade-
naron el shock, y sintió de pronto necesidad de sonarse,
buscó con la vista a Baba, que comía a la mesa por primera vez, y después a Alice, cuyas pupilas estaban tan brillantes como las suyas.

Su mirada se deslizó enseguida hacia la anciana señora, y
se posó finalmente en Adrien Jouve, que bajó la cabeza,
y justo en ese momento sintió en el pie derecho la primera punzada.

Por muy gordo y torpe que estuviera, y ocupara toda la cama con su masa, y el sudor le oliera a alcohol y a vino, no dejaba de sentirse, aquella tarde, en lo más íntimo de su ser, donde la razón y el respeto humano pierden su poder, como un niño débil e indefenso. Y como un niño, luchaba contra el sueño que le vencía a oleadas, y se empeñaba en espiar los ruidos de la casa, preguntándose si «ella» iría a darle un beso.

No era habitual que ella entrara en su cuarto a la hora de la siesta y, otro día, probablemente habría sido mal recibida. No le había dicho nada que la invitara a acudir hoy. No creía haber mostrado tristeza alguna. Apenas el breve momento de emoción cuando aparecieron las seis velas, cuyas danzantes llamas iluminaban la cara de Baba.

La fiesta había ido bien. Todo el mundo había sido amable con él y, por su parte, él se había esforzado por devolverles tal amabilidad. Habían tomado el café en la terraza, delante del mar, exactamente como en las fotos de familias famosas que salían en las revistas.

La medalla de la señora Lampargent—porque efectivamente era una medalla—, era un San Cristóbal destinado al «automóvil», y él había llamado enseguida a Arsène para que lo colocara en el salpicadero.

Jouve había encargado en una casa de yates un toldo de lona blanca para el *Doncella*, con soportes fijos, y la barca, así aparejada, parecería una góndola. Tenía hasta borlas que le colgaban todo alrededor, como los últimos coches de caballos de Niza.

Jouve había creído que sería una buena cosa y se había tomado mucho trabajo.

En cuanto a Alice, le había regalado una cosa que hacía veinte años que deseaba y él no se habría comprado nunca, no sabría decir por qué: una estilográfica de oro macizo.

Debía de haber costado una fortuna, y al fin y al cabo había sido con su dinero como la compró, porque ella no tenía bienes propios. Él había hablado con envidia, unas semanas atrás, del director de un periódico al que le habían regalado una estilográfica de oro al cumplir cincuenta años en el periodismo, y había precisado, al leerle la crónica, que la había fabricado el orfebre Mauboussin.

—¡A mí—gruñó—la gente me manda cajas de puros porque no fumo!

¿Cómo se las habría arreglado ella? Maugin le daba dinero para la casa, para el servicio, para su ropa y sus gastos personales, pero no se mostraba excesivamente generoso. Ese regalo hacía suponer, en resumidas cuentas, que la sisa era posible, y, abajo, había preferido no pensar en ello, aquel día intentaba no pensar en nada desagradable.

En el momento en que se disponía a subir, Jouve había dicho:

—¿Supongo que prefiere que le cuente lo de Weill cuando se levante de la siesta?

No fue por eso, o no del todo por eso, por lo que contestó:

—Eso me recuerda que tienes que ir a Niza en el coche.

Jouve no hizo ninguna observación. Alice, en cambio, pareció algo molesta, como siempre que Maugin se las arreglaba para alejar a Adrien de la casa e impedirle quedarse a solas con ella. Y eso a menudo la volvía torpe, hasta tal punto que se diría que daba muestras de culpabilidad. Exageraba tanto las precauciones para no quedarse a solas con el secretario que se colocaba en situaciones equívocas.

Jouve tenía su cuarto en el pabellón, a donde podía llegarse por el famoso puente entre los dos edificios. Alice, como buena ama de casa, hubiera debido ir de vez en cuando a comprobar si las criadas lo mantenían convenientemente limpio y en orden y que no faltaba de nada. Ahora bien, era el único sitio de la casa donde no ponía jamás los pies, y cuando, en el jardín, Baba jugaba por aquel lado, se apresuraba a llamarla. Evitaba mirar por las ventanas que daban al pabellón. En la mesa, procuraba no tener que pedirle la sal o la pimienta a Jouve, y cuando, muy atento, él le ofrecía agua, ella prefería decir que no y pasarse sin ella.

Maugin se había vuelto a ella:

—Esta noche, te llevaré a ver mi película. —Era la última película que había rodado en París, la que terminó la víspera de su marcha, y que proyectaban dos días en el Palais de la Méditerranée—. Si te apetece, podemos cenar por allí los dos, y luego vamos al cine.

—¿Qué quieres que me ponga?

Él se esmeró por llevar la amabilidad al máximo, porque ese día tocaba.

—Traje de noche. Así podremos, si nos apetece, ir a tomar después una botella de champán al casino.

¡Qué remedio! Tendría que ir de esmoquin. ¡Ella tenía tan pocas ocasiones de ponerse sus trajes de noche!

Envió a Jouve a reservar las entradas, y nadie se atrevía a hacerle observar que era inútil, que bastaba llamar por teléfono. Lo importante, lo que constituía el pequeño problema de cada día, era que Jouve no estuviera en casa durante su siesta.

—¡Venga! Hasta luego, hijos míos…

No hubo más, o si lo había habido, había sido dentro de él, y Alice se suponía que no lo había adivinado.

¿Vendría, de todos modos? No estaba desnudo como

otras tardes, y se había puesto un pijama limpio. Se había peinado incluso, porque cuando se le pegaba el cabello a la frente, le daba un aspecto duro y cerril.

Baba estaba acostada. La señora Lampargent debía de estar leyendo el periódico en su balcón (cada cual, en la casa, tenía su balcón). Siempre era ella la primera que cogía los periódicos, como si debieran un día aportarle una noticia capital. De hecho, en el momento en que se disponía a subir, Oliva se adelantó hacia él secándose las manos en el delantal.

—Le deseo un feliz cumpleaños, señor.

—Gracias, pequeña.

No tuvo más remedio que estrecharle las manos húmedas. Camille le había dicho lo mismo en la escalera.

¡Era un viejo animalote de sesenta años, y se le inflaba el labio inferior como a un bebé a punto de llorar porque le dejan solo en la cuna!

Había oído al coche alejarse llevándose a Jouve. ¿Qué demonios hacía aún Alice abajo? Nada la retenía ya en la cocina. No la oía ir y venir. Si tardaba un poco más, estaría dormido, porque había bebido mucho vino en la comida, y sirvieron chartreuse con el café para que pareciera más fiesta.

Lo de Weill iba a darle quizá una excusa para ir a París. No se quedaría mucho. No le apetecía alejarse por mucho tiempo. Le daba incluso algo de miedo estar allí, solamente con Jouve.

Siempre se marchaba de casa a disgusto, sin confesarse por qué, a no ser en momentos como éste, con los ojos cerrados, cuando no controlaba plenamente sus pensamientos.

Lo que le aterraba era la idea de morir completamente solo, en el coche, por ejemplo, o por la calle, o en un café, o en una barca, a solas con Joseph, a la vista de la casa, tan próxima y no obstante inaccesible. No leía ya ciertas páginas de los periódicos por temor a ver noticias de muertes repentinas.

Alice no se lo imaginaba. Él no le había dicho nada. Ella ignoraba su visita al profesor Biguet y las cartas que cruzaron. Creía de veras que las pastillas que tomaba regularmente se las habían recetado para la garganta.

—Todos los actores se cuidan la garganta, deberías saberlo.

El corazón le latió. Oía un ruido de ratoncillo por la escalera, cerca o lejos, era incapaz de apreciarlo, y debía de estar más adormilado de lo que creía, porque ella le rozó la frente cuando él no se la imaginaba aún en la habitación.

—Duerme... Perdona... Sólo quería darte un beso..., estar juntos los dos un segundo...

Abrió los ojos, la vio al sol que aureolaba su rostro, y exclamó, convencido:

—¡Qué hermosa eres!

—Chist...

—Me alegra mucho que hayas venido.

—Me hubiera gustado que celebráramos tu cumpleaños los dos, los tres, pero no era posible. ¿No te has sentido muy frustrado?

Hablaba en voz baja y él también susurró, procurando no espabilarse demasiado.

—No.

—¿No eres desgraciado conmigo?

Se inclinaba sobre la cama como si él fuera un niñito con fiebre y le cogía la mano.

—Soy feliz...—intentó decir él.

—Chist...—repitió ella, que sabía que no era verdad, que no era posible, que él intentaba hacerlo lo mejor que podía, como ella—. He venido a decirte que te quiero, Émile.

Él cerró los ojos, la nuez se le marcó y el labio inferior se le quedó colgando.

—¡Somos tan felices las dos, Baba y yo, y nos gustaría tanto que tú lo fueras! Quizá no siempre acierto. Perdóname.

Era él quien habría querido pedirle perdón, por lo de Jouve. Él sabía, de siempre, que no estaba enamorada de Adrien, que lo miraba como a un amigo. Sabía también que Jouve le profesaba a él, Dios sabría por qué, una veneración y una entrega que habían resistido a todas las vejaciones. Y que, si alguna vez se les ocurría a los dos jóvenes alguna complicidad, o cambiar unas palabras a escondidas, sería, como hoy, por prepararle una sorpresa, evitarle inconvenientes o quién sabe si para comunicarse su preocupación por él.

¿Era culpa de él si eso bastaba para torturarle, si tenía sesenta años, mientras que ellos dos eran jóvenes? ¿Era culpa de él que la sola idea de que un hombre respirara en la misma habitación que su mujer le daba sudores fríos?

¿Y si, todas las veces, eso le hacía pensar en el otro, en aquel canalla?

Ya sabía, ahora, cómo se llamaba. No se lo había dicho a Alice, pero estaba convencido de que lo había adivinado. No se ocupó él personalmente, porque salieron de París el domingo, es decir, al día siguiente de su última función en el teatro, sin llevarse casi nada, como huyendo.

Aquí, primero en el hotel, donde estuvieron ocho días —llovió todo el tiempo, y, desanimados, estuvieron a punto de volverse—, y luego en el chalet, aguantó cinco semanas antes de escribir a Lecointre para encargarle de la misión.

Averiguó el nombre, la dirección y muchos otros detalles que habría preferido ignorar.

«Conde Philippe de Jonzé, rue Villaret-de-Joyeuse, 32 ter».

Conocía la calle sobre todo por una casa de citas.

Desde que lo sabía, notaba que su mujer no pronunciaba nunca el nombre de pila Philippe, ni siquiera tratándose de un amigo de ellos, que vivía en Juan-les-Pins, y al que ella nombraba por el apellido o se las arreglaba para referirse a él de cualquier otro modo.

Nunca se mencionaba tampoco la rue Villaret-de-Joyeuse, ni la École Normale.

Jouve tuvo también la mala pata de hablar de un amigo que había estudiado en la rue de Ulm, donde está la École, y Alice, inmediatamente, cambió de tema.

Ni siquiera el Ministerio de Bellas Artes...

Allí trabajaba De Jonzé, como agregado del gabinete ministerial. Y contra lo que pudiera pensarse, no había entrado gracias a su apellido o a su padre.

No se trataba tampoco de nobleza digamos que venida a menos, que se repliega en un viejo palacio. Eran ricos. Desde hacía varias generaciones, los De Jonzé tenían intereses en los altos hornos, el acero, el ferrocarril. Eran «campeones», más aún que los Weill y todos los tiburones del cine.

Por culpa de lo del Ministerio de Bellas Artes, Maugin ya no quería la condecoración de la Legión de honor que le habían prometido para el 14 de julio.

—Confiesa, Émile, que es por darme gusto por lo que sales esta noche.

—Te aseguro que de veras tengo ganas de ver qué han hecho con la película.

—¡Pero no de ponerte el esmoquin! Te horroriza ir de etiqueta.

—Así cambio un poco y me olvido de mis pantalones de pescador.

—¿Estás seguro de que no prefieres llevar chaqueta?

Ella aguzó el oído. El tío Fredin estaba silbando en el

jardín, justo debajo de la ventana, y el sonido ascendía, obsesivo, agudo, afilado, en el aire inmóvil. Aquello le había hecho cien veces a Maugin saltar de la cama.

—¿No puede usted cerrar el pico cuando duermo?

Un día el buen hombre le contestó: «Le ruego me disculpe. No pienso nunca que la gente duerme».

—Voy a decirle que se calle—dijo ella.

—No.

Lo hacía también por el viejo. Fredin no fumaba, no bebía, tenía más familia que él y dormía en una cabaña como una conejera. Silbaba de la mañana a la noche, y cuando le hacían callar, volvía a empezar poco después sin darse cuenta.

—Si no duermo.

—Pero vas a dormir.

—No lo creo.

—¿Por qué?

¿Qué más podía decirle? Los dos ponían tanta dulzura, tanta calidez como podían, en las sílabas que pronunciaban, y que, en sí mismas, carecían de importancia. De lo que pensaban, estaba prohibido hablar.

—¡Acabarás por ser feliz, ya verás!

—Sí.

—¡Te lo mereces tanto!

—¿No bromeas?

—Calla. No te muevas más. Mantén los ojos cerrados. Duerme.

Le besaba los párpados, la frente. Sin duda por un recuerdo de la infancia, le trazaba una cruz con el pulgar.

—Duerme...

No la oyó alejarse. Debió de quedarse a su cabecera, inmóvil, conteniendo la respiración, hasta que se durmiera, como hacía con Baba, pero, casi inmediatamente, el silbido del tío Fredin lo devolvió al Cap-d'Antibes, y se encontró completamente solo, acalorado y sudado, en su poco confortable cama, y con otra punzada en el pie derecho.

«No es el tipo de hombre que uno se imaginaría—le había escrito Lecointre—. Me he acordado de que tenía un amigo en la pasma y he hecho mis pesquisas, como un poli auténtico».

Sin duda se habría disfrazado, el pobre tipo, para ganarse mejor la pasta. Porque Maugin, por supuesto, le había mandado un giro «para los gastos».

No es precisamente de novela rosa de a dos chavos, el joven conde. Y digo joven comparado con nosotros, pero tiene treinta y dos años. Es un sabio, un empollón, lo contrario de un vivalavirgen. Lo sé por uno de sus antiguos compañeros de la École Normal.

Y el padre es un veterano de la vieja guardia, un hombre de principios, y encima general en la reserva, no va con redingote a los consejos de administración de milagro, hace esgrima todas las mañanas, monta a caballo en el Bois de Boulogne y luego come en su club, en la avenue Hoche. Yo no creía que existiera un hombre así, como no fuera en el teatro.

El chaval habría podido entrar en los negocios que controla el papá, pero prefirió enrolarse en los espahís al acabar la École Normale, y pasó cinco o seis años en el desierto.

Al volver a París se peleó definitivamente con el viejo, porque se puso a trabajar en una editorial de la Rive Gauche y se casó con una mecanógrafa.

Gracias a la influencia del editor fue como entró en el Ministerio. Y ahora tiene dos niños. No es rico. Dicen que está preparando un libro, no sé sobre qué.

Algún día heredará del padre, es hijo único, pero es posible que deba esperar mucho, y tiene que hacer mangas y capirotes, porque conserva gustos caros, y las mujeres le atraen bastante. Tiene deudas un poco en todas partes.

Si el pobre Lecointre hubiera sabido el daño que le hacía a Maugin cada palabra, habría dado menos detalles. Había páginas enteras. Siguieron otras cartas, porque quería justificarle a su viejo amigo su dinero. En el fondo, era escrupuloso, como la mayoría de esos pobres tipos.

«Le encanta moverse en ambientes de artistas...».

¡Toma, claro! ¿Y eso a él qué? ¿Tenía sesenta años, sí o no? Con un corazón de setenta y cinco, y a modo de ventrículo izquierdo, una especie de pera podrida y sin elasticidad.

Apestaba a vino, apestaba a viejo. A veces se proponía expresamente asquearlos, espiaba en sus ojos las reacciones de «ellos». Sólo Oliva, que olía a ajo por todos sus poros, se atrevía a espetarle:

—¡Huele usted a fondo de barrica!

En el cajón de su escritorio—porque tenía un despacho de verdad, con un balcón que daba al mar—, había una carta ribeteada de negro, de Cadot, lógicamente.

Me entero con pena de su partida, pero, si el descanso a orillas del mar puede resultarle saludable y levantarle el ánimo, no puedo sino alegrarme con usted.

No estaba nada mal, como expresión. Pero lo que seguía ya no estaba tan bien:

Dudo en empañar su cielo mediterráneo con mis pequeños problemas, pero ¿a quién podría confiarlos, sino a usted, que siempre me prestó oído tan atento e indulgente?

Desde que mi mujer nos dejó (y le agradezco una vez más cuanto hizo por ella), me he convertido en una especie de fenómeno social para el que no hay lugar previsto en el mundo de hoy: un viudo con cinco hijos.

Trate de imaginarse lo que eso representa en cuanto a complicaciones, usted a quien la Providencia dio una hermosa niñita que sonríe a la vida. Mi madre, las primeras semanas, hizo lo que pudo para ocuparse de los pequeños, y vino a instalarse en mi casa. Pero es una mujer mayor, usted lo sabe, aquejada de múltiples achaques...

En resumen, que Juliette renunció y se volvió a su madriguera de la rue Caulaincourt.

Algunas vecinas me echaron una mano, los vecinos se han mostrado comprensivos y generosos. Y eso que en un barrio modesto como el nuestro cada quien tiene sus preocupaciones...

¡Al grano! Le faltaban aún tres páginas con letra menuda y cuidada de maestro de escuela, para llegar al grano: había dado con «una segunda madre para los niños», también viuda, de treinta y cinco años apenas, «una mujer dispuesta y en posesión de una perfecta salud». Había estado dudando, por la memoria de la querida difunta. «Pero su deber...».

Pero... Porque había un pero. Y aquí era donde él, Maugin, entraba por fin en escena. Thérèse (era la candidata) dudaba en comprometerse en condiciones tan precarias, y, a decir verdad, tan descorazonadoras. Procedía de una familia de comerciantes, de la Auvergne, por lo que pudo entender.

Como ella hace notar acertadamente, ¿dónde me llevarán mis esfuerzos en la oficina? No soy sino una pieza tan modesta del engranaje que quienes nos dirigen ignoran hasta mi existencia. Que nos embarquemos, por el contrario, ahora que aún somos jóvenes, en un negocio por nuestra cuenta, en el que podamos dar uno y otro lo mejor de nosotros mismos...

Y lo había encontrado, el negocio. Era una tienda de comestibles, «muy bien situada», en Charenton, en un barrio con mucho porvenir, casi enfrente de la esclusa, «que proporcionaría una clientela regular de marineros».

Maugin no les dijo nada ni a Alice ni a nadie. Pagó la tienda de comestibles y recibió a cambio una carta aún más larga, y una foto de toda la familia en fila delante del establecimiento.

Lo que ni por asomo se esperaba es que Juliette Cadot, la maldita vieja, casi le reprochara aquella súbita generosidad.

Me pregunto si ha obrado usted prudentemente cambiándole la vida de arriba abajo a este chico que ya bastante tendencia tiene a creer en sí mismo, y que en tres semanas no ha encontrado el momento de venir a saber cómo estoy. Y, en cuanto a esa mujer, de la que aún no quiero decir nada...

¡Piedad, Señor! Él no lo había hecho por bondad. Él no era bueno. No tenía ningunas ganas de ser bueno, al contrario. Alice estaba en un error.

Alice había subido a su habitación. Le había besado en la frente, en los párpados. Le había hecho una pequeña señal de la cruz, pero no sabía lo que pensaba él en aquel momento.

¡Pensaba que alguien habría a su lado, por lo menos, al llegar el momento, eso es todo!

Le daba pánico morir solo, «como un perro».

Dicho así no sonaba igual de bonito, ¿eh? Así que, si ella se ponía a revolotear alrededor de Jouve o a pensar en su rubiales, él corría peligro...

Había dormido apenas unos minutos y el jardinero seguía silbando en alguna parte, porque no sabía hacer nada mejor, y unos jóvenes con taparrabos presumían de acróbatas a bordo de una tabla tirada por una lancha a motor.

¡Armad bien de ruido! No era bastante con el mar, las chicharras, las moscas, el silbido del jardinero y Baba, que también se apuntaba y rompía a llorar ante una ventana abierta.

Jouve había vuelto. La portezuela restalló. La grava crujió. Toda una orquesta.

Se levantó, de un humor de perros, hizo una mueca al poner el pie en el suelo, y vació el resto de la botella de vino ya tibio y avinagrado.

—¡Espérame en el despacho, señor Jouve, que ahora voy!—gritó por la ventana.

Se echó encima una bata, se enjuagó la cara y se pasó el peine por el poco pelo que le quedaba.

—¿Tienes las entradas?

—Sí, jefe.

—¿Un palco donde no nos miren como a las fieras del zoo del Jardin des Plantes?

—Sí, jefe. Al fondo de todo.

Por miedo a los incendios era también por lo que se empeñaba en estar al fondo de la sala.

—¿Y Weill?

—Le demanda. Se ha negado a recibirme y ni siquiera me contesta al teléfono. Me ha hecho decir a través de su secretaria que hable con su abogado.

—¿Y has ido?

—No. He ido a ver al letrado Audubon, que me ha aconsejado no hacer nada.

—¿Qué dice, Audubon?

Era su abogado.

—Dice...

—Sigue.

—Dice que tiene usted todas las de perder, sin lugar a

duda, y que haría bien llegando a un compromiso con Weill.

—¡No!

—Weill le ha comprado el contrato a la Sociedad Siva, y ahora es a él a quien le debe cinco películas este año.

—Salvo que una cláusula me permite rechazar los guiones que no me gustan.

—Le ha mandado doce en cuatro meses.

—Todos unas idioteces.

—De esos doce hay dos que usted se declaró dispuesto a rodar, en diciembre pasado. Así se lo escribió a la Sociedad Siva, en aquella época. Tiene la carta en sus archivos. El abogado Audubon sostiene que, en estas condiciones, ningún tribunal le dará la razón, sobre todo porque Siva le pagó un fuerte adelanto.

—¡Weill es un ladrón!

—Como dice el abogado Audubon: es un hombre de negocios.

Llevaba las de perder, lo sabía. Pero se obstinaba, en contra de toda evidencia. Por una cabezonada, había decidido irse a la Costa Azul y, ahora que ya estaba allí, rechazaba todo lo que se le proponía.

—¡Podría estar enfermo!

—Hemos considerado el caso. Sería distinto. La compañía que Weill representa nombraría un médico de su elección para que le examinara, y éste, de acuerdo con su médico personal, designaría un tercer especialista que desempeñaría el papel de experto.

—¡Audubon está en contra mía!

—Él querría venir a verle y hablar con usted, pero no puede dejar París hasta dentro de un mes, y para entonces ya sería quizá demasiado tarde.

—No le digas nada a mi mujer por hoy, no vale la pena echarle a perder el día. Iré a París mañana.

—¿Me lleva?

—¡Sí, señor Jouve, te llevo!

Aquel asunto le preocupaba más de lo que quería aparentar, porque podía salirle muy caro. No le faltaba dinero, por supuesto. Desconfiado como era, lo tenía en cuatro o cinco bancos distintos, sobre todo en oro, que él mismo iba a colocar en las cajas fuertes a su nombre.

Pero era mucho menos rico de lo que creían y de lo que los periódicos difundían con exasperante complacencia. La mayoría de las veces las cifras citadas no eran más que un bluf de las compañías cinematográficas. Y los impuestos se llevaban la mayor parte.

Y lo que también olvidaban es que no hacía más de diez años que el cine le reportaba grandes sumas.

Hasta que tuvo cincuenta años vivió sólo del teatro.

Hasta los cuarenta, le costaba ir tirando.

Hasta los treinta, se moría de hambre.

¿Comprende usted, señor conde de Jonzé, usted-que-encuentra-divertido-frecuentar-a-los-artistas?

¡No tenía derecho a estar enfermo, él! ¡No tenía derecho a estar agonizando sin que lo peritaran los señores expertos!

¡Un bonito peritaje! ¿Y por qué no una autopsia?

—Supongo que tengo la noche libre, jefe.

—¿Por qué lo dices?

—Porque me he encontrado a un amigo de la infancia que es profesor de instituto en Juan-les-Pins y aprovecharía para ir a charlar con él.

Eran las cinco. Había que ir dando vueltas por allí hasta las seis, y luego vestirse, coger el coche, instalarse en un restaurante, y examinar sin apetito la carta que les tendería el maître, lo más grande posible, con cuyos complicados nombres a los papanatas se les hacía la boca agua.

—¿Cojea?

—No.

Encontró a su mujer en el vestidor, donde tenía que «darle unas puntadas» al traje de noche, porque una salida de una hora, para una mujer, representa horas, cuando no días, de preparación. Y aun gracias que no necesitaba ir a la peluquería.

—¿Te aburres?

—Tengo calor.

—¿Cojeas?

Volvió a decir, impaciente:

—¡No!

Era la hora en que debería ir a tomar su copa a Antibes, junto a la pista de petanca, pero para eso tendría que vestirse una primera vez y luego volver para ponerse de esmoquin. Qué imprudente había sido proponiendo salir de esmoquin.

Daba vueltas por la habitación sin decidirse, como un chaval que va a hacer una tontería.

Y la hizo.

—Mañana voy a París.

Ella dio un respingo, y levantó rápidamente la cabeza.

—¡Ah...! ¿Lo acabas de decidir?

Era consciente de que le echaba a perder el día, como había recomendado a Jouve que no hiciera, y de que lo hacía expresamente, quizá porque había demasiada tranquilidad en el vestidor.

—Acabamos de tratar de lo de Weill. Audubon quiere verme.

—¿Y por qué no viene él?

—No puede salir de París por ahora. Y Weill me lleva a juicio.

Todo eso eran palabras, y los dos se daban cuenta. Hacía semanas que pendía la amenaza de ese viaje, sin que lo mencionaran ni el uno ni el otro.

¿Qué creía Alice que pensaba ir a hacer allí? ¿Por qué ese viaje, que no tenía nada de preocupante ni de azaroso, la inquietaba?

—¿Vas en coche?

—Cojo el tren, con Adrien.

Ella abrió la boca, cambió de parecer, y transcurrió un minuto largo antes de la pregunta que él preveía.

—¿No puedo ir contigo?

—¿Y Baba?

—La señora Lampargent se ocupará de ella.

—No vale la pena. No pienso más que ir y venir.

—¿Cuántos días estarás fuera?

—Cuatro días… Cinco…

Lo curioso es que ese viaje le daba tanto miedo a él como a ella, y que, por haber aventurado una cifra, creyó necesario tocar madera a escondidas.

Desde que dejaron París tan precipitadamente, evitaba volver, aunque sólo fuera por veinticuatro horas, y era Jouve quien iba en su lugar.

En su fuero interno, no se trataba de un desplazamiento como cualquier otro. Se pasaba el tiempo echando pestes de Antibes, el mar, la barca, el chalet, el jardinero, y sin embargo, vacilaba ante la idea de alejarse, como si en otra parte no estuviera ya a resguardo.

—Voy a decirle a Jouve que llame a la estación para reservar las plazas.

—¿No lo ha hecho aún?—Adivinaba que lo había decidido de repente, y se preocupó aún más—. Piénsalo, Émile.

—¿El qué?

—Nada. Desvarío. No me hagas caso. Estamos tan bien aquí…

—Paso por el despacho a ver a Jouve y subo a vestirme.

—Yo estaré lista en media hora.

Con el esmoquin, llevaba siempre, a causa de su enorme nuca, unas camisas de seda gruesa y flexible, con el cuello muy bajo. Le daban mucha prestancia, autoridad. Se había afeitado por segunda vez, y con la blancura de la camisa resaltaba el bronceado del rostro.

Se encontró casi guapo.

—¡Estás magnífico, Émile!

Los zapatos de charol le hacían un poco de daño, sobre todo el derecho, pero no dijo nada. Tampoco dijo que, para no oler a vinazo, se acababa de tomar una copa llena de *fine*. Se había perfumado discretamente el pañuelo. Fue a darle un beso a Baba, que estaba ya en la cama y que lo miró sorprendida.

En cuanto a su madre, se la veía muy vaporosa con un traje de organdí de volantes, y por contraste con Maugin, sus hombros parecían aún más blancos, casi anémicos. Llevaba el collar de perlas que le regaló él cuando nació la niña, como si…

—¿No les importa dejarme en la place Macé, para coger un autobús?

Llevaron a Jouve, que se sentó al lado del chofer. El interior del coche era guateado. El sol poniente expandía por doquier un rojo algo violáceo. El «automóvil» se deslizaba silencioso, sin sacudidas, y Alice llevaba la mano apoyada en la de Maugin, que iba más tieso que de costumbre.

Aquello se parecía bastante a esas fiestecitas con que los burgueses celebran las ocasiones importantes. Jouve se apeó y ellos siguieron su camino.

—¿A qué hora te vas, mañana?

—Cogeremos el tren de las once y llegaremos a París ya para acostarnos.

—¿Supongo que no pensarás quedarte en la avenue George V?

Era la primera vez, desde que vivía con Alice, que iba al hotel, en París, y no sabía cuál elegir.

—Iré probablemente al Claridge.

—¿Me telefonearás?

—Sí. No mucho, porque las conferencias son caras. Te llamaré al llegar para decirte que va todo bien.

Se preguntó qué aspecto tendría el chalet sin él. Estaba celoso. ¿Se sentirían más libres? ¿Se oiría tararear y reír?

—Llévenos al Cintra, Arsène.

Para el aperitivo. Como todo el mundo. Allí, sacó pecho, impostó la voz.

—Dos Martinis, joven.

Venían algunas personas a hablarle, que conocía más o menos, y él adoptaba aquel aire gruñón suyo, protector.

No repitió la tontería de París y eligió para cenar un restaurante italiano donde se sentaron frente a frente en una mesa pequeña con una lámpara de pantalla color naranja entre los dos.

Esta vez, pidió vino del Rin para ella, y para él, un *fiasco* de Chianti tinto.

A causa de los Martinis y el calor, los dos tenían las mejillas arreboladas, les brillaban los ojos. Estaban guapos. Jugaban al señor que saca de noche a su señora. Pero cada vez que estaban a punto de mirarse de frente, uno, no siempre el mismo, desviaba la vista.

¿Por qué? ¿De qué tenían miedo? Era como si ambos temieran dejarse pillar en falta.

En vez de vivir con naturalidad aquella noche, quizá los dos la miraban desarrollarse con la atención que se presta a los acontecimientos que ocuparán un lugar importante en el recuerdo.

Pero no querían dar esa impresión. Posaban para el futuro, se mostraban tiernos, divertidos, se esforzaban por bromear.

—Vamos a ver qué hace ese maldito Maugin en su película.

El nombre se exhibía en las paredes, junto a una imagen de Maugin con la mano crispada sobre el cuello de una mujer inclinada hacia atrás.

—La gente seguramente espera verme estrangular a la pequeña, y algunos saldrán sin duda decepcionados.

Los miraban pasar a los dos por delante del hall del Palais de la Méditerranée, sin perderlos de vista. El director en persona les estaba esperando para acompañarlos al palco.

—He creído adelantarme a su deseo y no he anunciado su presencia, señor Maugin. No obstante, algunos los han visto. Saben que está usted aquí, y espero que no me guarde rencor si, después de la película, son ustedes objeto de…

Debía de haber comprado flores para Alice que le entregarían dentro de poco, y él tendría que inclinarse por encima del borde del palco para saludar. Ella también.

Terminaba el noticiario. Su nombre aparecía proyectado en la pantalla, y luego una retahíla de nombres cada vez más pequeños, para terminar con el del maquillador y el del utilero.

Y el Señor-Uno-de-Tantos cobró vida, en blanco y negro, en los escenarios cotidianos, y cargado con el peso, casi visible sobre sus hombros, de su vida de hombre.

Le impresionó, súbitamente, el parecido de la pequeña actriz con su mujer. No un parecido en los rasgos, sino en algo menos aparente a primera vista y más profundo, algo así como un parecido en el destino. Eso le hizo sentirse incómodo, y empezó a encontrar molesta la insistencia de Alice en apoyar la mano en la suya. Se removió en la silla.

Y al no saber de dónde provenía el ruido, algunos espectadores hicieron:

—¡Chist…!

Estuvo a punto de enfadarse, pero se calmó; le dolía el pie derecho y se quitó el zapato.

Las escenas en que conducía la locomotora le recordaron los días que estuvieron pateando la nieve, en diciembre, en Levallois, donde pusieron a su disposición una máquina y una vía muerta, con maquinistas de verdad, por supuesto.

Luego vino la taberna, el regreso a la vivienda, la escalera, la puerta que él abría de un brusco empujón y el grito mudo de su mujer.

En el fondo del palco, creía ver a su verdadera mujer aterrorizada, a la que él ordenaba desde la pantalla: «¡Ven!». Y repetía: «¡Ven aquí, *pequeña*!».

Tenía el brazo apoyado en el respaldo de la silla, detrás de Alice, y con la mano, a oscuras, hacía exactamente lo mismo que su mano aumentada sobre el lienzo de la pantalla.

Lo más curioso es que Alice lo sabía, él la sentía tensa, conteniendo la respiración, a la espera de qué decidiera él.

Igual que la otra, tampoco ella se atrevía a moverse.

Y como la otra, lo aceptaba.

No había proyectores enfocados sobre ellos, ni ingeniero de sonido, ni claquetas. Unas nubes negras los rodeaban, como en la consulta de Biguet durante la radiografía. Los dedos se abrían, se cerraban, adivinaba la pálida claridad de las perlas en el cuello de su mujer, y él respiraba hondo, sintiendo el sudor resbalarle entre los hombros.

¿En vez de París?

No se trataba de un pensamiento, era demasiado vago para serlo; sin embargo, como en el sueño del juicio, era muy explícito: *eso* o París. Podía elegir. Le daban a elegir.

La escena le pareció que duraba horas, también como en el sueño; y cuando la mano no se cerró, cuando el hombre, en la pantalla, empujó a su mujer hacia la escalera, sin siquiera molestarse en ser brutal, tuvo la impresión de ver por fin la luz de nuevo, aunque la película proseguía, y aún no habían iluminado la sala.

Iría a París.

No miraba ya a la pantalla. Se había agachado y rezongaba porque le costaba trabajo ponerse el zapato a oscuras, mientras Alice sacaba un pañuelo del bolso.

Restallaban los aplausos. Las luces también. Y seiscientos rostros se volvían hacia el palco, donde, inclinado hacia delante, él terminaba de ponerse el zapato.

Se levantó, saludó. Los espectadores pataleaban mostrando su entusiasmo, y vio algunos que aún lloraban. Alice no se levantó. Por primera vez el azar le permitía compartir una ovación destinada a Maugin y no sabía cómo actuar; él la cogió del brazo y una acomodadora con uniforme gris rata se acercó a la balaustrada tendiéndole unos claveles púrpura.

La gente no se decidía a abandonar las filas de butacas, y él se llevó a Alice afuera, diciéndole:

—¡Pues ya está, pequeña!

Muy pálida, como aturdida, se esforzó por sonreír por encima de las flores, mientras él la soltaba para ir a firmar los programas que algunas manos le tendían a lo largo del pasillo.

Bebió y durmió durante todo el trayecto. Hasta Laroche, viajó inquieto, porque anunciaron un probable retraso, pero luego el tren recuperó el tiempo perdido y el gran reloj luminoso marcaba las once menos veinte al entrar en la estación.

—Llévame las maletas al Claridge y resérvame una suite.

—¿Prefiere que no le moleste muy temprano, mañana, y espere su llamada?

—Eso es: ¡tú espera!

—¿Quedo con el abogado Audubon?

Miró a Jouve con aire ausente, como si no recordara que había ido a París para el asunto con Weill.

Con las manos vacías, seguía a la multitud que avanzaba hacia la zona cubierta, y la mayoría de las cabezas se volvían hacia él. Subió al taxi, sorprendido de ver tanta gente en las terrazas y a hombres en mangas de camisa.

—Al Châtelet. En la entrada de los artistas.

Había justo un sitio libre para el coche no lejos de la puerta, y pudo quedarse en la parte trasera, hecho un ovillo, contemplando con mirada torva a la gente que salía del teatro por la puerta principal. También aquí, tiempo atrás, hizo de figurante en *Miguel Strogoff* y en *La vuelta al mundo en ochenta días*; en aquella época era el teatro que peor pagaba, donde te encontrabas a los mendigos más mendigos, tal vez por la proximidad al mercado central de Les Halles o porque hacía falta mucha gente—a veces había más de cien personas en escena—, y cualquiera servía. Allí pilló pulgas. Y pilló también otra cosa, de una pequeña figuranta.

Empezaban a salir, hombres y mujeres, con ropa raída, la mayoría muy orgullosos sin embargo de pertenecer al teatro, y conservando expresamente rastros de maquillaje.

—¡Jules!—gritó por la portezuela en el momento en que Lecointre, apresurado, salía a su vez.

El pobre diablo miraba en todas direcciones, preguntándose quién lo llamaba, y desde dónde, hasta que finalmente divisó la mano que se agitaba fuera del coche. Entonces, reconoció a Maugin:

—¡Eres tú! ¡*Has venido!*—exclamó, extático, como si se tratara de un milagro.

—Sube.

—No creí que mi carta llegara tan pronto, ni sobre todo que pudieras venir.

Maugin callaba. Su amigo debía de aludir a una carta que no le dio tiempo a recibir antes de su partida. Su última carta, referente al petimetre, databa de hacía dos meses, aquella en que le comunicaba, en un *post scriptum*, que al acabar *Baradel y Cía.* había obtenido un «papelito» en el Châtelet.

—¿Quieres que vayamos a verle enseguida? ¿Acabas de aterrizar?

Maugin hizo trampa, sin tener por qué: no confesó que no sabía de qué se trataba. Esperaba adivinarlo, y pronto resultó fácil.

—Esta vez, ya ves tú, la verdad es que ya no tiene para mucho. Ha dicho el médico que es cuestión de horas más que de días. ¡No lo reconocerás!

¡Con seguridad! Hacía treinta años que no veía a Gidoin, y en su fuero interno siempre le guardó rencor por su fracaso con los billetes falsos.

—Como no tiene nadie que le cuide, me he instalado en su taller, y allí duermo donde puedo, pero no tengo más remedio que dejarle solo para ir al teatro.

—A la place du Tertre, chofer.

—Qué bien que hayas venido. No te puedes imaginar lo bien que va a sentarle. Estoy convencido de que se irá más contento. Estos últimos tiempos hablaba muchas veces de ti y de otros antiguos amigos, entre ellos una chica que no conozco y que parece que tuvo un lugar importante en su vida. En algunos momentos uno diría que se le va la cabeza, y resulta bastante penoso. Cree que le quieren llevar al hospital, me toma por un enfermero y se revuelve, a riesgo de hacerse daño. Tú no debes de haber ido nunca, ¿no?

—¿Adónde?

—Al hospital. No te imagino enfermo. Victor ha pasado por todos los hospitales de París, y le tiene pánico a morirse en uno. Creo que a mí me pasaría igual, preferiría morirme en la calle. ¿Tú qué dices?

—No digo nada.

—¿Sabes lo que me queda en el bolsillo para atenderle?

Sacó la mano, y la abrió bien plana en la semioscuridad del taxi, con unas cuantas monedas en la palma.

—He vendido su abrigo y el mío. No tenemos reloj desde hace tiempo ni él ni yo, y por la noche, para saber qué hora es, tengo que esperar que suenen las campanadas del Sacré-Cœur. Perdóname que te cuente esto. Tú me has mandado más dinero del que me debías. ¿Eres feliz, allí abajo?

Maugin rezongó.

—¿La pequeña está bien? ¿Tu mujer también? He pensado en ti muchas veces, desde que te fuiste. ¿Sabes que, de todos nosotros, eres el único que ha llegado a ser un hombre más o menos como los demás? Eres actor, desde luego, y hasta un gran personaje, lo digo sin amargura ni celos. Los que aseguran que debes tu éxito a la suerte son unos cretinos que no entienden de nada. Pero lo que me impresiona,

166

cuando lo pienso, es que a la vez tengas familia, y una casa de verdad, ¿entiendes lo que te quiero decir?

Maugin miraba duramente las calles por donde pasaban, y en todas partes la gente volvía del cine o del teatro, y raros eran los sitios que no le recordaban algo, mientras la voz cascada de Lecointre resonaba en sus oídos como el ritornelo de un viejo organillo.

—¿Sabes lo que deberíamos hacer, Émile, lo que habrías de hacer tú, que puedes permitírtelo? Paramos en algún sitio y le compras una buena botella de aguardiente. Se lo tienen prohibido, pero en el punto en que está, ya no importa. Yo le llevo de vez en cuando una botella de tinto, cuando puedo pagarla, pero ya no es lo bastante fuerte para él, ¿comprendes? Necesita algo realmente fuerte, más aún que el *fine*: calvados o marc.

Encontraron una tienda abierta en el boulevard Rochechouart, y una charcutería al lado.

—¿Qué crees que le gustará? Pide.

Su vestimenta demasiado elegante le hacía sentirse violento, y su abultada cartera, y el taxi que esperaba arrimado al bordillo. Olvidaba que no era para eso para lo que fue a esperar a Lecointre a la salida del Châtelet.

—No sé si aún podrá comer.

—Compra de todos modos.

Había una barra, en la esquina, de las de verdad, bastante miserable, con una luz turbia, y unas caras de desgraciados que en su mayor parte no dormirían en una cama, y, dado lo que Lecointre acababa de decirle, pidió marc, y se echó dos vasos seguidos al coleto.

—Fue una suerte que yo fuera a su casa una mañana, la semana pasada. Le había dado por la noche, y habría podido quedarse, sin que nadie se enterara.

Era la hora en que las calles empezaban a tener, para

Maugin, olor y sabor, sobre todo aquéllas, que no habían cambiado mucho, y en las que otras sombras reemplazaron a las suyas sobre los adoquines y ante los escaparates de las charcuterías.

Y en cuanto a la place du Tertre, parecía una feria, llena hasta los topes de extranjeros en las terrazas que invaden todo el espacio, y había además algunos pobres tipos melenudos que arrastraban su carpeta de dibujo de mesa en mesa, y músicos y cantantes, y hasta en un rincón un tragafuegos embutido en un jersey azul de marinero.

—No era así en nuestra época, ¿verdad, Émile? ¿Quieres coger otra vez el taxi? Entonces que gire a la izquierda y siga unos cuantos metros por la rue del Mont-Cenis.

Poco antes de llegar a las escaleras de piedra, Lecointre, con los brazos cargados de paquetes, y seguido por Maugin, que llevaba las botellas, franqueó una puerta baja y siguió, en medio de la oscuridad, por un camino estrecho a cielo abierto que terminaba en un patio lleno de tablones.

—Ese taller de la derecha es de un carpintero. Encima vive una rusa que baila en los cabarets.

Estaban lejos de la feria, lejos de París, del que ya no se oía nada, del que sólo se veía, en el cielo, el reflejo naranja. Paredes de revoque cuarteado, agua sucia estancada en el camino y, al fondo de éste, el fulgor indeciso de una lámpara de petróleo con la mecha al mínimo.

—No hay luz en el patio, ¿comprendes? Y él ha hecho una derivación.

La fachada estaba casi completamente acristalada, pero muchos cristales habían sido sustituidos por cartón. Sobre una especie de diván sin patas, un simple somier apoyado en el suelo, se distinguía una forma humana hecha un ovillo, un rostro barbudo y unos ojos inmensos que miraban fijamente a la oscuridad exterior.

—¡Soy yo, Víctor!

Lecointre estaba abriendo la puerta, y yendo a levantar la mecha de la lámpara.

—¡Hoy es Navidad, chico! Adivina a quién te traigo. Míralo bien. Es él. Es Maugin.

¿Había carne aún bajo la barba, bajo el pelo largo? Los ojos devoraban al visitante con un resto de desconfianza.

—¿Seguro que no viene a buscarme? ¡Me lo juraste, Jules! ¡No lo olvides!

—¡Pero no te digo que es nuestro amigo Maugin, del que hablabas anteayer mismo! ¿Ya no te acuerdas?

—¡Repítelo!

La voz era baja, cavernosa, y tenía la garganta llena de flemas. Tosía, con una mano sobre la boca y la otra sobre el vientre hundido, en el que el pantalón estaba sujeto por un cordel.

—¡Émile Maugin! Y te trae una cosa rica. ¡Espera que yo te abra la botella y verás qué aroma!

No había sillas en el taller, sólo una mesa cubierta de planchas de cobre, de grabados sucios, con dos vasos turbios.

Apoyada a la pared, el propio Lecointre, sin duda, se había hecho una cama con tres cajas recubiertas de un jergón y un trozo de colcha.

—¡Ahora recuerdo!—exclamó por fin Gidoin—. Es el «cantante».

Y era verdad. Era asombroso oír esa palabra surgir de pronto del pasado, donde podía creérsela olvidada. Gidoin, en su camastro, acababa de dar un salto atrás de cuarenta años, arrastrándolos a ellos dos a aquel mundo en que él vivía su misteriosa vida de moribundo.

Durante un tiempo, en efecto, en su banda, Maugin había sido el «cantante», y en aquella época, estaba convencido de que tal era su destino. Cantaba en los *cafés-concert* de tercera categoría, donde hacían falta sólidos pulmones para hacerse oír por encima del estrépito de las jarras de cerveza y las bandejas. Cantaba con traje negro, peinado con la raya en medio y el cabello pegado a las sienes. Llevaba una camelia en el ojal, una camelia artificial, porque no podía pagarse cada noche una flor fresca, y a veces la limpiaba con trementina antes de salir a escena.

—¡Así que seguiste tu camino!—siguió diciendo Gidoin, y con la torpeza de un bebé trataba de enderezarse ayudándose con las manos.

No lo conseguía, y lo miraba de soslayo, con la mitad de la cara aplastada sobre el catre.

—Bebe, chico.

Lecointre lo ayudaba, sin repugnancia, le levantaba la cabeza, le apartaba los pelos de la barba y dejaba caer el líquido en la garganta como si fuera leche, mientras Gidoin alargaba una mano poco hábil para retener la maravillosa botella.

—¿Quieres, Maugin?

—Ahora no.

Ni siquiera por complacerlos a ambos habría tenido valor. ¿Sería por eso por lo que sentía tanta reticencia a ir a París? ¿Sabía ya oscuramente lo que venía a buscar y con qué se encontraría?

—Espera... que... tome más...

—Pues claro que sí. Claro. No te excites.

—Pe...

—Tiempo habrá. Ahora descansa.

—Respi... ración...

Se sentía aliviado, por haberlo conseguido, ya podía abandonarse a un ataque de tos.

—Perdón.

—¡Ya sabemos lo que es eso, venga!

—Él no.

Y había un reproche en la mirada, que mantenía fija en
Maugin, casi como si le acusara de ser un renegado.

—A lo mejor se le ha olvidado.

—¿El qué?

—Espera… Dame primero la…

La botella. ¿Y por qué no? Se interrumpía al beber para
tararear bajito:

Un petit gamin, enfant des faubourgs…

Su mirada, como un desafío, seguía sin despegarse de la
alta silueta del visitante, mientras seguía cantando con su
voz desafinada, rasposa:

Sur les grands boul'vards et les plac's publiques…
Venait, aux passants, offrir chaque jour
Un modeste lot d'jouets mécaniques…

Conseguía la energía necesaria para alzar el tono, imitando el énfasis de la época.

C'étaient des soldats, peints et chamarrés,
De toutes les arm's et de tous les grades,
Faisant manœuvrer leur sabre doré,
Militairement, comme à la parade.
Et le…

—Ya vale, chico. Que te vas a cansar.

¿Temía acaso Lecointre que a Maugin le ofendiera aquella evocación?

—Déjale seguir.

Tampoco habrían podido reducirlo al silencio, porque el grabador se iba excitando.

> *... Et le gamin adorait ses joujoux,*
> *Presque à la folie.*
> *Mais il devait, hélas!, les vendre tous,*
> *Pour gagner sa vie...*

Lo más extraño era que Maugin no recordaba la letra de aquella cantinela, aunque la había cantado cientos de veces. Reconocía estupefacto en Gidoin sus propias entonaciones de antaño, y algunos tics que había olvidado.

> *... Et chaque fois que l'un d'eux s'en allait,*
> *O! douleur atroce,*
> *Un long sanglot, en silence, gonflait*
> *Son cœur de gosse!*

¿Por qué Gidoin le odiaba tanto? No estaba, sin duda, totalmente lúcido, pero daba la impresión de que su actitud no la provocaba sólo la fiebre.

—Ahora descansa, Victor. Nuestro amigo Maugin ha hecho un largo camino para venir a verte.

—¿Él?

—Él es quien te ha traído la bebida, y un montón de cosas ricas.

Negó con la cabeza, esforzándose por recordar las demás estrofas.

Un niño rico se acercaba con su aya a mirar los juguetes expuestos, y elegía el más grande, el más bonito, el oficial a caballo que el chavalín guardaba preciosamente para sí. Lo compraba y, conmovido por la pena del niño, le decía:

Je te l'achète, et puis, ne pleure plus:
Je te le donne!

Los pañuelos salían solos de los bolsillos, en aquella época; y, al llegar la tercera estrofa, el cometido de Maugin resultaba bien siniestro, porque la escena se desarrollaba en el cementerio. El hijo de ricos «*était mort de la poitrine*» ('había muerto del pecho'), y el niñito pobre, piadosamente, llevaba sus soldados a la tumba.

...jouer au paradis,
Avec les anges![1]

Maugin, de pronto, se sintió tan incómodo que estuvo a punto de coger la botella y beber a morro, como Lecointre, pese a su repulsión. Tampoco habría sido capaz de tocar los vasos pringosos, y sin embargo sentía vértigo, le dolía mucho el pie, tenía comezón en los brazos y en el pecho.

—¡Así que seguiste tu camino!—Lo decía con acritud, con un desprecio soberano—. A lo mejor, si frecuentas a la gente guapa, tendrás ocasión de ver a Béatrice.

---

[1] 'Un chavalín, criado en los suburbios... | a los grandes bulevares y las plazas públicas | iba todos los días a ofrecer, a la gente que pasaba, | un modesto lote de juguetes mecánicos. | Eran soldados, pintados y engalanados, | de todas las armas y todas las graduaciones, | enarbolando su sable dorado, | al estilo militar, como en un desfile. | Y el chaval adoraba sus juguetes | casi con locura. | Pero todos había de venderlos | para ganarse la vida. | Y a cada vez que uno se iba, | ¡oh, dolor atroz, | un largo sollozo, en silencio, henchía | su corazón de pequeñín! | «Te lo compro, y luego, no llores más: ¡te lo doy! | [...] ["*Emporte le pour*"; 'llévatelo para'] jugar en el cielo | con los ángeles»'. Se trata de una canción muy popular en la época, de la que existen muchas versiones, rasgo característico del género. (*N. de la T.*).

Lecointre le hacía señas a Maugin de que no hiciera caso de aquella verborrea de moribundo.

—¿Tampoco te acuerdas de Béatrice? Y eso que era por la misma época de la canción, cuando tú venías por mi taller, en la rue Jacob. Ya ves tú, es la única mujer que he tenido en mi vida.

Gidoin no desvariaba, como creía Lecointre, que entonces aún no los conocía. Béatrice existió, Maugin la recordaba, una chica muy joven, regordeta, con un hoyuelo en la barbilla y pelo ensortijado.

Posaba como modelo en la Académie Julian. Durante algún tiempo compartió el taller con Gidoin, que tenía una cara infantil, grandes ojos negros «que hacían pensar en Andalucía» y llevaba una extraña chaqueta negra abotonada hasta el cuello, con una chalina.

«Es muy bueno, ¿entiendes? Pero cuando estamos juntos siempre me habla de la luna y las estrellas, o de la lucha eterna entre Dios y el Ángel. ¿Sabes que no es del todo un hombre?». Ella le enseñaba a serlo. «No puede. No es culpa suya. Él bien querría. Lo intenta, y yo le he ayudado como he podido. Termina llorando sobre mi pecho como si fuera su madre».

¿Sabía Gidoin, el Gidoin de hoy, el que estaba a punto de morir y acababa de confesar que no hubo más mujeres en su vida, que Béatrice se acostaba con Maugin, y con todos los amigos de ambos, y con otros que él no conocía?

—Me dejó por un escultor que obtuvo el Premio de Roma, y se fue allí con él, y allí se casó con un conde muy rico.

¡También un conde!

—¡Debe de tener hijos, y a lo mejor nietos! Alguien me dijo, hará quince años largos, que se la había encontrado en la avenue du Bois de Boulogne y al parecer vivía en el barrio.

Era ciertamente posible.

—Todavía era muy guapa.

Alargaba la mano a la botella y Lecointre dudaba, pidiéndole consejo a Maugin con la mirada.

Su amigo se estaba matando, eso quedaba claro. Le estaban matando. Maugin había venido de Antibes para rematarlo con una botella de marc.

—¿Estás seguro de no haberla visto más?

—Te lo juro.

—¿No me mientes?—Su mirada proclamaba sin ambages que consideraba al «cantante» como un hombre capaz de mentir—. Si me diera tiempo, grabaría tu retrato. —Un ataque de tos le interrumpió varios minutos, pero no perdía el extraño hilo de sus pensamientos—. Tu retrato de antes.

El pobre Lecointre, sobreponiéndose a su respeto humano, había abierto uno de los paquetes de la charcutería, y comía disimuladamente, volviendo la cabeza.

—Tengo que irme—exclamó Maugin haciendo un esfuerzo.

—Tiene el coche en la puerta.

Esas palabras hicieron que Gidoin frunciera el entrecejo, y recobró sin duda su terror al hospital.

—Si a lo que ha venido es a llevárseme…

—¡Qué va! ¡Cálmate! Quería verte.

—Ya me ha visto.

—Sí. Y volverá.

La mirada de Lecointre suplicaba.

—Mañana volveré.

—¡Ah!, sí, mañana…—Rio sarcásticamente, le dio un escalofrío, y se aovilló, en posición fetal, hasta tal punto que costaba creer que aún tenía estatura de hombre—. ¡Jules!

—Sí.

—¿Tú te quedas? Echa un trago. Tenemos que quedarnos los dos a beber. Por mí el «cantante» puede irse. No se acuerda ya de su canción. Le haré el retrato. Ya verás mañana. Ya sabes lo que me prometiste. Mañana, nosotros tres...

Maugin se iba alejando de puntillas del diván, y ya casi en la puerta le hizo una seña a Lecointre de que se iba. Fuera, en el patio a oscuras, permaneció un buen rato inmóvil, para volver a la vida, y al andar golpeaba con los hombros los muros del callejón sin salida. Debía de parecer borracho, o enfermo, porque el chofer bajó del taxi para abrirle la portezuela preguntándole:

—¿Todo bien, señor Maugin?

—Bien, bien.

—¿Reúma?

Sin duda cojeaba.

—Un anzuelo.

—No sabía que también fuera pescador. ¿Dónde quiere ir?

Ya no lo sabía. Todo había cambiado. Para no apartarse de su primera idea, estuvo a punto de hacerse llevar a la rue de Presbourg, o incluso de decirle al chofer que pasara lentamente por la rue Villaret-de-Joyeuse. Pero, ante todo, necesitaba beber.

—Pare delante de un bar. —Y, como el taxi disminuía la marcha al llegar a la place du Tertre, añadió—: No. En uno de verdad. Más abajo.

El chofer, vete a saber por qué razón, en lugar de bajar por la rue Lepic, siguió por la place Constantin-Pecqueur, por la rue Caulaincourt, donde vivía Juliette Cadot, sabía el número de la casa, pero no la conocía. Más abajo, la cervecería Chez Manière, era el puerto en que atracaba en la época de sus primeros éxitos en el music-hall, iba a cenar allí casi todas las noches, y aún era un cliente habitual, de los que el patrón tutea y esperan con recogimiento la hora del cierre, cuando conoció a Yvonne Delobel.

Era extraño. A causa de algunas frases de Gidoin, de algunas miradas, todo aquello había muerto de repente aquella noche. Más exactamente, como si no hubiera existido, como si lo hubiera vivido otro, o como si sólo fuera una película que había visto como espectador.

Lecointre no debía de haber entendido nada de lo que pasó en la rue del Mont-Cenis.

El otro, el moribundo, sabía muy bien lo que se hacía hablando del cantante. Y los recuerdos que acudían a él en vaharadas ardientes, sí que tenían un sabor, un olor. La vida, en aquel tiempo, no era un cuadro pintado.

Dio unos golpes en el cristal, en la place Clichy, a fin de que el coche se detuviera para contemplar la entrada de un callejón sin salida, porque se quedó sorprendido al ver que aún existía; unas chicas, en la esquina, hacían la calle.

¡Pues sí!, allí había vivido él bastante tiempo, en La Boule d'Or, un hotel *meublé* de mala muerte sin agua corriente, ni cañerías de desagüe, donde la luz era aún de gas y sólo ponían sábanas en las camas pagando un suplemento de unos céntimos.

Llevaba la raya en medio, y no salía nunca sin una navaja automática que afilaba durante horas. Contoneaba sus anchos hombros al andar, resaltando sus músculos, y asustaba a los burgueses mirándolos fijamente entre los ojos.

Vivía con Maud, que llevaba una falda plisada de satén negro como las que aún llevan algunas vendedoras del mercado central de Les Halles, una blusa bordada de cuello rígido sujeto con ballenas y un moño en lo alto de la cabeza. Incontables veces le había pagado ella la cena. También le había prestado dinero en algunas ocasiones sin pedir que se lo devolviera y fue ella quien le compró su primer traje de cuadros, en La Samaritaine, el mismo que llevaba cuando conoció a Juliette Cadot en la imperial del ómnibus.

El bar, al fondo del callejón, conservaba el nombre, L'Oriental, pero lo habían modernizado y los espejos habían sustituido a los mosaicos.

—Espérame.

Allí bebería, quería emborracharse solo. Para eso habría hecho falta que no le conocieran, que la gente no se volviera a mirarle y que él no adivinara en todos los labios: «¡Es Maugin!». ¡Pues sí!, ¿qué pasaba si era Maugin? Gidoin tenía razón. ¿Acaso el cantante no tenía derecho a hablar también?

—¡Un marc!

Los vasos eran gruesos, ásperos al tacto de los labios, el marc malo, y sin duda no era mejor entonces.

—¿Está ya de vuelta, señor Maugin?

Sabían incluso dónde estaba, y lo que hacía. Habían visto en los periódicos su foto en su barca, con Joseph, sosteniendo una enorme dorada por la cola, como si acabara de sacarla del agua.

—¿Es verdad que no quiere volver a hacer películas?

—¿Quién ha dicho eso?

—No me acuerdo, seguramente el periódico. Sería una pena, porque no hay otro como usted.

¿Le gustaba aún oír aquello? Se estaba rascando. Tenía la sensación de que toda la sangre le acudía a la piel, y el dolor le hacía mantener la pierna rígida.

¡Quizá Gidoin había muerto ya! ¡Quizá Lecointre seguía borracho, a su cabecera, sin saberlo! La gente no sospechaba nada, los taxis continuaban soltando extranjeros y gente de provincias a dos pasos de allí, en la place du Tertre, y en el cabaret Lapin Agile, algunos avispados vestidos como en su época cantaban las canciones que ellos no habían olvidado. ¡Quizá alguno cantaba aún la suya, la de los dos niños, el rico y el pobre, con la escena del cementerio como momento culminante!

—¡Lo mismo!

Jouve debía de creer que le dejó tan bruscamente en la estación porque había quedado con alguien. ¿Qué podía pensar de él Jouve, que no conocía más Maugin que el de los diez últimos años?

—¿Me permite que le invite a una ronda, señor Maugin?

Siempre acababan así. No le dejaban en paz. Le había prometido a Alice telefonearla en cuanto llegara. Tenía que acordarse de hacerlo enseguida, desde el Claridge.

El chofer volvió a abrirle otra vez la portezuela y eso le molestaba.

—Baja por la rue Blanche. No, por el boulevard des Batignolles.

También había sido su barrio, y diríase que las mismas mujeres erraban entre sombras en las cercanías de la turbia luz de los *meublés*.

—¡Al Claridge!

Estaba harto. Tenía sueño. Se sentía enfermo. Se sentía sucio, tras su visita en medio de aquella roña en la rue del Mont-Cenis. Y eso le recordó la época en que iba a darse un baño todas las semanas no lejos de aquí, en un establecimiento con exceso de calefacción, cargado de vapor, que olía a lejía y a pies.

—¿Va a quedarse unos días en París, señor Maugin? Perdone que se lo pregunte, pero en tal caso podría ponerme a su disposición y hacerle un precio por días.

Dijo que sí, sin saber por qué, sin apenas haberlo oído. Estaba seguro de que tenía fiebre. Hizo ir al chofer a otro bar, en la place des Ternes, y la cabeza le daba vueltas, los espejos le devolvían la imagen de sus mejillas rojas, de sus ojos brillantes. Sentía que se tambaleaba, como la noche que murió Viviane, en el bar donde retuvo a Cadot.

Vería, con seguridad, a Cadot. Mañana los periódicos publicarían su llegada, y Cadot acabaría encontrándole.

—Lo mismo.

—No se lo tome a mal, señor Maugin, pero no para mí. Tengo que conducir y debo volver a Bagnolet.

No recordaba si se bebió él los dos vasos. Pudiera ser. Lo demás era muy confuso. Le había dado la mano al chofer, que no quiso que le pagara ya que volvería al día siguiente. El portero del Claridge lo recibió, y él intentó recorrer en línea recta el hall, hasta el mostrador del conserje.

—Buenas noches, señor Maugin, es un placer tenerle de nuevo con nosotros. ¿Cuántos años hace, ya? Tiene la 303.

—¿Da a los Campos Elíseos?

—¡Desgraciadamente, no! El subdirector bien habría querido, pero me ha rogado que le diga que es absolutamente imposible, hoy. Tenemos el hotel lleno de turistas; pero mañana, si se va alguien…

—¿El bar está abierto?

—Son más de las dos, señor Maugin.

No se había dado cuenta de cómo pasaba el tiempo. A pesar de los espejos, de los dorados, de las luces, era siniestro, quizá porque estaba vacío y en silencio. Un tipo de uniforme le esperaba a la puerta del ascensor, como para encerrarlo en una trampa.

—¿No habrá una chica guapa por aquí?

Había pedido una chica guapa, en efecto, pero no porque lo deseara. ¡Quizá por miedo a subir solo a su suite!

—A estas horas no, señor Maugin, pero, si quiere, puedo hacer una llamada.

Se encontró de nuevo en el exterior, bajando pesadamente los Campos Elíseos y hablando a media voz.

Encontró una cuyo cabello oxigenado resaltaba en la

sombra y daba el pego; fue a mirarla de cerca y ella intentó sonreír lo más amablemente que pudo. Era una vieja. Una triste, una resignada. Que no insistió. ¡Tal vez le había reconocido! Volvió a apoyarse en una fachada, a la espera de oír otros pasos.

Bajó hasta la rotonda.

—¿No tendrá un cigarrillo?

—Lo siento, pequeña, no fumo.

Ésta llevaba un traje de chaqueta azul y una boina. Parecía bien educada.

—¡Oh! Perdón, señor Maugin...

—¿Perdón de qué?

—No lo sé. No le había reconocido.

—¿Te aburres?

—Digamos que...

—¿Quieres venir conmigo al Claridge?

—¿Cree que me dejarán entrar?

Se la llevó, cojeando. Ella no andaba con mucha más facilidad que él, por los tacones demasiado altos, y debía de tener los pies doloridos. El conserje de noche frunció el ceño, descontento, pero no se atrevió a rechistar.

—Aquí tiene su llave, señor Maugin.

—Hágame subir algo de beber, joven.

—¿Champán?

La pequeña le dijo en voz baja:

—Para mí no, sabe usted...

—¡Coñac!—contestó él—. ¿Supongo que no tienen vino tinto?

—Probablemente habrá Burdeos.

—Una botella.

Le trajeron ambas cosas, el coñac y una botella de Médoc, en una gran bandeja de plata, con hielo, agua con gas y media docena de copas de diversos tamaños.

—¡Póngalo ahí!

La chiquilla, que había abierto la puerta del cuarto de baño, se quedó maravillada:

—Diga, señor Maugin, ¿le molestaría que empezara por tomar un baño?

Sentado en el borde de una de las dos camas, se miraba el tobillo, que se le había puesto tan grueso como la rodilla. Cuando se desnudó, vio que tenía placas rojas por todo el cuerpo, y lo primero que pensó es que le habían picado las pulgas en casa del moribundo.

Se oía correr el agua en la bañera. Veía, en el suelo, por la puerta entreabierta, un par de medias y ropa interior.

—¿No le estaré privando de darse un baño, señor Maugin?

La oyó, pero no se molestó en contestar. Miraba las botellas, las copas, luego su pie, los muslos, el vientre. Sabía que se le olvidaba algo, pero con aire sombrío y obstinado, en vano se preguntaba el qué.

Era Gidoin, en cualquier caso, quien tenía razón al hablar del «cantante». Los demás no habían entendido nada.

Tomó primero coñac, y luego vino tinto, como si tratara de averiguar cuál elegiría. Debió de permanecer así bastante rato, porque a la pequeña le dio tiempo a bañarse y a reaparecer, intimidada quizá precisamente por aquel baño imprevisto, sujetándose una toalla sobre el vientre, mientras sus pequeños pechos en forma de pera se balanceaban levemente.

—¿No se acuesta?

La miraba, como si no la hubiera visto nunca, como si no existiera, y volvía a fijar la vista en su pie con ojos perplejos.

—¿Quiere que pase aquí la noche?

¿Por qué demonios la habría traído? ¿Para que se lavara con agua caliente?

—¿Prefiere que me acueste?

—En esa cama, sí.

Ella se deslizó en la cama con un movimiento vivo, se preguntó si podía taparse, y se subió la sábana progresivamente.

Veía a Maugin frotarse la cabeza, a contrapelo, rascarse el pecho, el vientre, y volver siempre al pie.

Luego no vio ya nada. Se quedó dormida.

Las lámparas seguían encendidas cuando se despertó al notar un dedo en el hombro desnudo y delgado, pero había ya una luz blancuzca detrás de los visillos.

—Levántate, pequeña.

Le vio la cara congestionada, y los ojos tan grandes, tan brillantes, que se asustó.

—Telefonea… Llama… Que hagan venir a un médico… ¿Me oyes…? Un médico…

Seguía sentado en el borde de la cama, con los pies en la alfombra, como cuando se quedó dormida, pero debía de haberse acostado, porque las sábanas estaban arrugadas y había un hueco en medio del colchón.

—Date prisa, pequeña—susurraba, y parecía sujetarse con ambas manos para no bascular hacia delante.

Sin preocuparse de que estaba desnuda, descolgó el teléfono. Un reloj incorporado en la pared, encima de un espejo, marcaba las cuatro y diez.

Gidoin, al entrar, sonreía con malicia, una sonrisa muy su-
til ahogada en la barba. Y al mismo tiempo le guiñó un ojo,
quizá para tranquilizarle, o para excusarse por lo que había
pasado en la rue del Mont-Cenis. No iba sucio, ni desa-
seado. Y aunque la barba era blanca, o más bien de un gris
amarillento, tenía una cara mofletuda y sus ojos andaluces.

Por un instante, Maugin creyó que el juez era él, lo cual
era verosímil por la barba, pero constató enseguida que su
antiguo camarada no era ni siquiera uno de los personajes
importantes, sino que pertenecía a la «tercera serie».

Era un «juicio» mucho más completo que la vez anterior;
parecía darse por supuesto que era definitivo, irrevocable,
pero transcurría sin maldad, cabría decir que sin solemni-
dad ni rigidez. Y, si bien al principio le dio la impresión de
que había una multitud, se daba cuenta, ahora, de que conocía a todo el mundo.

No salían a su encuentro. La gente no se precipitaba para
verle susurrando: «¡Es Maugin!».

Sin embargo, algo en la expresión de las fisonomías indicaba que le estaban esperando, quizá desde hacía mucho,
no sólo con cierta curiosidad, sino con una «predisposi-
ción favorable».

Lo que más le desorientó fue oír una voz tonante exclamar, con un acento muy de la región:

—¡Eres un embustero, un tramposo, un vil ratero, eres
más malo que la peste, pero tienes lo que hay que tener
para ser un chaval bomba![1]

[1] El original emplea unos sufijos que corresponderían al francés

CAPÍTULO 4

Era el herrero. Le sorprendía mucho verle aquí, porque
en cuarenta años no había pensado en él probablemente ni
dos veces. Hay gente que borras de la memoria, y era el caso
de Le Gallec. Su encuentro remontaba a sus catorce años,
cuando se marchó de su tierra. Fue parando, entre otros
sitios, en un pueblo de los alrededores de Nantes, y le hizo
creer al herrero que tenía dieciséis años. Le Gallec tenía la
cara negra y mascaba tabaco. Los dos trabajaban en la for-
ja desnudos de cintura para arriba, y Maugin se encarga-
ba más especialmente del soplete. En cuanto a la señora Le
Gallec, pequeñita y regordeta, le hacía tomar cuatro tazo-
nes de sopa en cada comida, so pretexto de que estaba «en
la edad ingrata».

La presencia del herrero en el «juicio», donde no se encontraba por casualidad, sino que ocupaba un lugar más
importante que Gidoin, en la «segunda serie», le propor-
cionaba una indicación que iba quizá a ponerle sobre la
pista de una información que buscaba desde hacía tiempo.

No estaba seguro, y no era momento para entusiasmos.
Pero la noche anterior, por ejemplo, y gracias a la farsa
de Gidoin, aún creía que quien contaba era sobre todo el
«cantante».

Pero no era verdad. El salto al pasado no era suficiente,
y el herrero, acompañado de su mujer endomingada y muy
conmovida, era la prueba.

Aquella época era mucho más «consecuente», y se preguntaba cómo había podido vivir tanto tiempo sin darse
cuenta.

------

hablado en la zona, aunque no a una lengua autóctona. Preferimos
verter las frases en castellano estándar a intentar un sucedáneo que
sólo sería una torpe parodia, lo que no es en absoluto en el texto. (*N.
de la T.*).

Por otra parte, aquello no pasaba en un solo plano, sino en dos, y eso también lo sospechaba hacía ya tiempo, sobre todo en su infancia, pero no se lo creía, o fingía no creérselo.

Sabía muy bien que un médico joven sin afeitar había venido a verle en su habitación del Claridge (recordaba hasta el número, 303), mientras la pequeña ya vestida se mantenía junto a la puerta, con el bolso en la mano, como si hubiera entrado por casualidad, porque pasaba por allí. El subdirector también había subido—o bajado, porque debía de dormir en el octavo piso—, sin cuello postizo ni corbata, lo cual era un acontecimiento insólito, y el médico le había dirigido una mirada que Maugin había sorprendido y que quería decir: «¡Oh! ¡Oh! ¡Esto es serio! ¡Esto está feo!».

El doctor le había preguntado a la chica:

—¿Hace mucho que está así?

Ella no lo sabía, evidentemente, y en cuanto a él, pudiera ser que aún estuviera en condiciones de hablar, pero no tenía ganas ni se le ocurría hacerlo; y, además, no se dirigían ya a él.

Lo que le atormentaba era que tenía que hacer algo, algo realmente serio, pero se le había olvidado el qué. Le dolía mucho no sólo el pie, sino toda la mitad derecha del cuerpo, sobre todo hacia la nuca. Sabía que se quejaba, y que miraba bizqueando a la jeringuilla que estaban preparando para ponerle una inyección.

No esperaban a que surtiera efecto para hablar libremente en su presencia.

—¿Tiene familia en París?

—Su mujer debe de estar en la Costa Azul, de allí llegó él anoche.

—Habría que trasladarle inmediatamente a una clínica, porque supongo que él preferirá una clínica privada al hospital. ¿Sabe si tiene creencias religiosas?

—No lo creo.

—En mi opinión, lo mejor sería llevarlo a Saint-Joseph, y precisamente tienen sitio.

No estaba totalmente seguro del santo. ¿Joseph o Antoine? No, más bien Saint-Baptiste, una clínica que él conocía, porque murió allí un dramaturgo y él fue a verle, en Passy.

Era una cuestión fútil. En aquel momento, ya sabía que las cosas, en ese plano, no tenían gran importancia, pero le interesaba mirarlas, por curiosidad. Le preocupaban detalles menores. Por ejemplo, no le había dado nada a la chica, y seguro que al señor Hermant, el subdirector, no se le ocurriría, ni al doctor tampoco, de modo que no habría cobrado nada por su noche, más que el baño.

Aquella gente estaría telefoneando. El subdirector, ansioso por salvaguardar su responsabilidad, se ajetreaba recogiendo las cosas que rodaban por allí y metiéndolas de cualquier manera en la maleta, que cerró con una llave que cogió del bolsillo del pantalón de Maugin.

Maugin no estaba preocupado. Sucedió que el dolor, bajo los efectos de la droga, llegó a ser voluptuoso. Y otro detalle que le impresionó y que probaba su lucidez: la ojeada de refilón del médico a las botellas, y la que le lanzó, después, a él, como quien emite un silbido de admiración.

Se acordaba menos de los enfermeros, las parihuelas, el hall, que seguramente atravesaron, a menos, y era probable, que le hubieran sacado por la puerta trasera. Pero veía perfectamente el inmueble donde debía de encontrarse ahora, el ascensor, acondicionado para las camillas y las camas de los enfermos, y que funcionaba como a cámara lenta. Había visto pasar a una hermana con toca, que no le hizo ningún caso.

Esos personajes estaban sólo en un plano, el plano número uno, mientras que otros, como Adrien Jouve, o como el profesor Biguet, existían en los dos planos a la vez.

No lo sabía todo. En particular, no tenía noción alguna del tiempo que transcurría, de las horas, quizá días, que no significaban ya nada. ¿Cómo llegó Jouve a Saint-Joseph o a Saint-Jean-Baptiste? Misterio. Sin duda, aquella misma mañana había llamado al Claridge preguntando si «el señor Maugin estaba despierto».

Debió de alarmarse cuando le contestaron que ya no estaba allí y le dieron la dirección de la clínica. Y a su llegada, Maugin tenía ya una ficha colgada en la cama, lo habían lavado hacía rato y lo habían vestido con un extraño camisón abierto por detrás de arriba a abajo y atado con cintas, como un delantal. Le habían extraído sangre en unos tubos de ensayo, le habían hecho radiografías, subiendo para ello su cama, por el ascensor, a otro piso, donde tres médicos por lo menos se inclinaron sobre él.

Oyó perfectamente a Jouve preguntar con voz apenadísima:

—¿Está consciente?

—Está en coma.

—¿Por mucho tiempo?

No hubo respuesta. Un curioso silencio, un auténtico silencio de hospital, con oleadas calientes emitidas por la fiebre y los radiadores.

—Tengo que telefonear a su mujer. ¿Qué debo decirle? Supongo que vale más que venga.

Eso a Maugin le era indiferente, porque Alice estaba allí también, pero en el plano número dos, bastante lejos, por cierto, lo cual le inquietó: en la cuarta o quinta serie. Aunque se dijo que debían de haber seguido un orden cronológico, presentía que eso no era del todo exacto, que habían intervenido otras consideraciones, todavía misteriosas.

—Intentará conseguir un billete de avión, pero no será fácil, por las regatas del domingo pasado.

Era verdad que hubo regatas en Cannes y él no fue. Sólo de oír la palabra *regatas*, pronunciada con seriedad, sonreía, en segundo plano.

A pesar del buen talante que mostraban, no se fiaba todavía, puesto que, tratándose de un «juicio», tendría que responder de una falta. No le habían dicho si se daría audiencia a acusaciones individuales, y él se volvía a unos y a otros, desorientado al verlos allí reunidos. Se sentía terriblemente novato, deseaba disculparse.

Yvonne Delobel, que nunca estuvo tan ingeniosa ni tan intensa, pero con una intensidad diferente, le recordaba ciertos remordimientos que le habían atormentado. No por lo que la gente contaba de él. Los remordimientos los sintió el día que se dio cuenta de que Yvonne—como Consuelo y como casi todos los que estuvieron en contacto con él durante un cierto tiempo—había influido en su futuro comportamiento.

Consuelo con su gusto por el pecado.

Yvonne con sus postigos verdes. (No había postigos verdes en Antibes. Eran azules. Pero ¿no venía a ser lo mismo?).

Y en cuanto a Juliette Cadot, le hizo que aborreciera lo que la gente llama «virtud».

Allí estaban todas, y, puesto que nuestros actos influyen en el destino de los demás, era evidente que así había ocurrido con el comportamiento de él.

Se sometería al juicio. Pediría perdón, con total sinceridad. Nunca pensó que las palabras que pronunciaba, los gestos que hacía—a veces simplemente por gusto, por hacer algo—, eran un poco como las piedras que lanzamos a un estanque y van trazando círculos cada vez más grandes.

¿Ante quién debería disculparse? Tal vez el juez no había llegado, o bien todos eran jueces y emitían su veredicto, al final, como un jurado.

Miraba contrito a Yvonne Delobel, y ella le hacía señas con la cabeza. ¡No! No movía la cabeza. No hablaba, tampoco. Nadie hablaba. Nadie estaba realmente hablando, pero se entendían mejor que con palabras.

Yvonne se estaba burlando amablemente de él, por esa idea suya de los remordimientos. Le daba a entender que no era eso en absoluto, que aquí no se preocupaban por esas menudencias. En el fondo seguía tratándole de un modo protector. Parecía querer ponerle en antecedentes sin decir más de lo que la consigna permitía.

A lo mejor ya estaba él empezando a entender las reglas del juego. El «juicio» consistía en eso: él tenía que dar con ello solo, sin ayuda del apuntador.

Alice se mantenía muy alejada, mientras que la cosa iba con ella en el otro plano, con palabras que resonaban en los oídos e impactaban en los tímpanos como perdigonadas. Estaba hablando Biguet. Habían ido a buscarle. ¿Cómo es que pensaron en él? Otro misterio, pues Maugin no le había hablado a nadie de su visita al profesor. ¿Sería que Jouve leía sus cartas, incluidas sus cartas personales? ¿O que Biguet tenía otros pacientes en la clínica, y al venirlos a ver, se había enterado de la presencia de Maugin?

—Su corazón no soportará doscientos cincuenta centímetros cúbicos—dijo. Y luego a Jouve—: ¿Han avisado a su mujer?

—No me he atrevido a asustarla. Le he dicho sólo que era serio, sin más. Quería coger un avión. Y acaba de telefonearme que no hay ni una plaza disponible. Como ya era tarde para el tren de las once, cogerá el Pullman nocturno.

¡Cuántas complicaciones, pobres! ¡Y él que seguía aún sin saber qué se le olvidaba! Sí se había acordado en cambio del chofer, que había debido de ir a esperarle a la puerta del Claridge y al que no le había pagado la carrera de la noche. Había otra cosa que no le venía a la memoria y de la que sin duda se acordaría cuando recobrara la tranquilidad para ocuparse de ese plano.

Le estaban trasteando, como a un recién nacido al que no hay que pedir permiso. No se sintió vejado, al contrario.

Debía de tener los ojos cerrados y, sin embargo, a veces tenía la sensación de estar mirando con curiosidad, o de modo protector, como miraba Yvonne a la gente.

La cuestión de las series en cambio le ponía nervioso, y le quedaba un buen trabajo por hacer si quería ganar su «juicio» a tiempo. ¿Quién era el responsable de limitar el tiempo? Lo ignoraba. A Gidoin, por los aires que se daba, le habría gustado aparentar que era él, pero probablemente no era verdad.

La presencia del herrero, en un escalón superior al que ocupaban algunas mujeres que fueron esposas suyas, le daba que pensar. En torno a Le Gallec, había un hervidero de otra gente a la que bien podría llamar, simplificando, los «catorce a veinte», personas que conoció cuando tenía entre catorce y veinte años y desempeñó todos los oficios, a la buena de Dios, sin que le preocupara lo que iba a ser de él.

¡Pues bien! Por espacio de cuarenta años, nunca evocó a esos personajes, como no fuera en sueños. ¡Y ni aun así! Despierto, los apartaba, si por casualidad acudían a su mente. Le daba vergüenza, se sentía incómodo, ¿tal vez incluso culpable?

Ahora bien, en este momento le hacían remontarse mucho más atrás todavía, hacía su aparición el señor Persillange, y no en calidad de comparsa anodino, como cabría esperar, sino de personaje de la primera serie.

Y eso que no era más que el maestro de su pueblo, con

cuyo nombre habría sido incapaz de dar la víspera, como había sido incapaz de citar la letra de la canción.

El señor Persillange, con su perilla, su monóculo, sus manguitos de hule negro y sus ojos de chivo malicioso.

—¿Aún sigues en las nubes, Maugin?

Tuvo un sobresalto. Siempre se sobresaltaba cuando el señor Persillange le interpelaba a quemarropa, a veces dando un golpe seco con la regla en el pupitre, y tenía la sensación de haberse escapado por la ventana, que daba al cielo y al agua dormida de las marismas.

¿Debía pedirle perdón? Era cruel sentir que nadie le ayudaba, pero admitía que era «indispensable». Por muy Maugin que fuera, aquí no podían permitirse favoritismos, aunque, por otra parte, tampoco los había pedido.

¿Por qué no iba a poder decirles que nunca los había pedido, que siempre hizo cuanto pudo, sin escatimar esfuerzos, y que si tenía el ventrículo izquierdo como una pera podrida era precisamente por habérselo ganado a pulso?

Lo habían entendido. Había olvidado que aquí no hacía falta hablar.

Sonreían balanceando la cabeza, señal de que él no estaba aún en ello. Y era interesante constatar la gradación de las sonrisas, que no eran iguales de un extremo a otro.

La de Alice, por ejemplo, que tenía que ponerse de puntillas y sostenía a Baba a hombros para que también pudiera ver, no era más que una media sonrisa, todavía teñida de inquietud, y hasta de incomprensión, lo mismo que Cadot, que, no lejos de ella, estaba preocupado por su nueva mujer y por su chiquillería, y miraba todo el rato el reloj frunciendo el ceño, como si le estuvieran haciendo llegar tarde a la oficina.

Seguro que existía una razón para haberlos convocado. ¿Y si fuera para tranquilizarle?

La sonrisa de Maria, la ayudante de vestuario, era más franca. Se diría que ella sí lo había adivinado hacía rato, y él deseaba pedirle perdón por todas sus maldades, por todas sus palabrotas, elegidas ex profeso para hacerla rabiar.

Al parecer eso carecía de importancia, porque le animaba con los ojos. Consuelo también, e Yvonne, y, en definitiva, todo el mundo, más particularmente los de la primera serie, a los que apenas reconocía. Su hermana Hortense estaba entre ellos, y las más pequeñas, a las que trató poco entonces, por las que nunca se preocupó, al parecer, y que sin embargo parecían estar en el secreto. Estaba allí el padre Cœur, que le hizo hacer la primera comunión, y que le regaló el devocionario, que su padre no quería pagarle.

—No se puede intentar nada mientras la inyección no haga efecto.

Ésos eran los otros, y se preguntó por un instante, sin detenerse en ello, si en ese plano habían avisado a Cadot, a Juliette, a Maria, a todo el mundo. ¿Habría salido Joseph a pescar sin él?

Tenía un calor horrible, mucho más calor que a bordo del *Doncella*, con las mismas ganas de vomitar. Debía de revolverse a veces, gemir o gritar, porque, de vez en cuando, le ponían una inyección en el muslo y el dolor volvía a ser agradable.

Había que avisar a Audubon y a Weill de que el proceso no tendría lugar, que todo estaba arreglado y que tendrían todos los certificados médicos que quisieran.

¡No! No valía la pena. Ésos no contaban, no tenían nada que ver con el «juicio», y debía encontrar, a toda costa, la solución del problema.

—Padre, confieso…

Fue el padre Cœur quien le enseñó eso—y no pronunció la fórmula más que una única vez, cuando se confesó para la primera comunión—, y ya ves, ahora el padre Cœur sonreía balanceando la cabeza.

Así que no era eso todavía, no eran los pecados, cuya lista estudió para olvidarlos luego. Lo cual le satisfacía, en el fondo, pero aquello complicaría la cosa.

Era culpable, no cabía la menor duda. Él lo sabía. Lo había sabido, digamos, toda su vida.

Había tenido la sensación, en todo caso, de que algo no estaba en regla, de que algo cojeaba, de que algo no funcionaba bien, algo contra lo que él luchaba más o menos conscientemente.

Era como si hubiera nadado con todas sus fuerzas en mitad de una fuerte corriente para alcanzar una meta invisible, tierra firme, una isla o simplemente una balsa.

Se sonrojó, confuso. Porque había sido alto y fuerte. Él era el más alto y el más fuerte de todos, como tan acertadamente había dicho el herrero. Y, sin embargo, no llegó a ninguna parte. No llegó a la meta. Alzó unos ojos tímidos hacia el cura.

—¿Es eso?

Todavía no.

Ahora eran tres por lo menos, machacándolo, le abrían la boca con una cuchara o algún instrumento de metal, y hasta le tocaban los genitales, por los que antaño Yvonne había mostrado tanto interés.

¿No era eso tampoco? Ya se lo imaginaba.

¿Cuál era, pues, la falta que había cometido? ¿Equivocarse de meta, querer ser Maugin, cada vez más Maugin? Les explicaría por qué, y lo entenderían.

Lo había hecho para huir. ¡Sí! ¡Para huir! Ésa era la palabra exacta. Se había pasado la vida huyendo. ¿Huyendo de qué? Resultaba violento contestar a eso ante los personajes de la primera serie, sobre todo porque veía a su padre y a su

194

madre, a los que nadie parecía mirar mal en lo más mínimo.

¡Bueno! ¡Qué más daba! Había huido de ellos, había huido de la escuela del señor Persillange, y de la hermana de Nicou, y de los demás, y del padre Cœur, y del pueblo, y de los prados anegados y de los canales turbios.

Después, había huido del herrero y de su gruesa mujer. Había huido de todos, uno tras otro, y cuando ya no veía nada de lo que huir, bebía para seguir huyendo de ellos.

¡Perfectamente! ¿No resultaba luminoso?

Tenía hambre y huía del hambre. Vivía en medio de la pestilencia de los hoteles de mala nota y huía de la náusea. Había huido de la cama de las mujeres que había poseído porque sólo se trataba de mujeres, y una vez solo, bebía para huir de sí mismo.

Había huido de todas las casas en que había vivido y en las que se sentía prisionero, había huido a Antibes, y había huido de Antibes... Había huido—perdona, Gidoin—del taller apestoso de la rue Mont-Cenis.

¡Señor! ¡De cuántas cosas había llegado a huir, y qué derrengado se sentía!

¿Era esto, por fin? ¿La regla era seguir, aceptar? Tenían necesariamente que ayudarle, en el punto al que había llegado, porque se le hacía cada vez más difícil.

Y que esos otros, abajo, dejasen de manosearlo, que parasen de una vez de susurrar a su alrededor. ¡Que le ayudasen! Era urgente. Llegaría tarde a todo, quizá por culpa de unos pocos minutos, después de haber hecho tanto.

Las series... Acababa de entender, ahora mismo, que ellas debían proporcionarle una indicación, y las miraba a una tras otra, con todas las caras tratando de animarle vueltas hacia él, expectantes. Le apenaba ver a Alice, que sin duda le habría apuntado bajito la respuesta, incapaz de ayudarle, porque ella tampoco la sabía.

Todo cuanto hacía, todo cuanto era capaz de hacer, era sostener a Baba por encima de su cabeza para que la viera aún, como hacía en la ventana cuando él volvía de pescar.

Había sido duro, a veces malo, y casi siempre egoísta.

¿Por qué les daba risa eso? No le tomaban en serio, y viéndoles, cualquiera juraría que estaban jugando a las adivinanzas. Él no se había tomado tanto trabajo durante toda su vida para llegar a fin de cuentas a jugar a las adivinanzas con una gente que conocía de antemano la solución.

Su abuela, sabe Dios por qué, se había puesto a desgranar guisantes. Lo primero que oyó fue el ruido que hacían al caer de cuatro en cuatro o de cinco en cinco en un cubo, donde rebotaban, y la reconoció perfectamente. La recordaba aún mejor si cerraba los ojos, sentía entonces la piedra fresca del umbral bajo el trasero desnudo, y una mosca que agitaba las patas en la mermelada que le había quedado en la cara. El cielo era de un azul terso, bañado por un sol que chisporroteaba, que le traspasaba los párpados, bajo los que pasaban imágenes: objetos o seres misteriosos que nunca había vuelto a ver después, cruzaban el espacio de un horizonte a otro, en línea recta o en zigzag, deteniéndose a veces de improviso, como para mirarle.

¿Por qué su abuela, que no sabía leer ni escribir, adoptaba un aire tan pícaro, tan seguro de sí misma y de él? Él tenía apenas tres años cuando ella murió.

—Nunca quise huir—declaró de repente, sonrojándose un poco, porque le daba la impresión de cometer perjurio, de decir exactamente lo contrario de lo que había confesado antes, lo cual debía de ser grave.

Pero lo decía de tan buena fe que debían de darse cuenta.

Los miraba con nuevos ojos, uno tras otro, de la primera serie a la última, y le hizo un guiño tranquilizador a Alice, porque la verdad era tan evidente que a él le daban ganas de echarse a reír.

Debía de ser de noche, en el otro plano; todo era silencio; habían hecho salir de la habitación a Jouve; Alice no había llegado: no llegaría hasta por la mañana.

Para entonces, daría con la solución.

«La infección—había dicho hacía un momento uno de los otros—está llegando a los centros...».

Siguieron unos términos difíciles que Jouve debió de entender, porque se echó a llorar muy fuerte, con hipos: fue entonces cuando le hicieron salir.

Era muy posible que en la Butte, Gidoin, el sucio, el que bebía marc a morro como si fuera el biberón, y que le miraba con malignidad tarareando su canción, aún no hubiera muerto.

En cuanto al otro Gidoin, seguía sonriendo, pero eso no quería decir nada.

La prueba era que él también tenía ganas de sonreír, y si no lo hacía, es porque aún no estaba del todo seguro. (Quería tocar madera, pero no la había a su alcance, no la veía en ningún sitio).

Otra prueba de su repentina libertad de espíritu fue el guiño que le lanzó al conde, también presente, y que tenía el aspecto de un jovencito de lo más corriente.

Era hora de hablar.

—Buscaba algo que no existe—empezó, demasiado deprisa, como los malos actores que temen no llegar a tiempo para dar su réplica. Y enseguida, levantando la mano, añadió—: ¡No! ¡Esperen! Sólo un momento. No encuentro las palabras. Pero lo sé. Lo que yo...

Era increíble lo luminoso que podía ser aquello, emocionante. Sus sueños, Santo Dios, los famosos sueños suyos cuando miraba al cielo junto a su abuela que desgranaba guisantes, y luego en la escuela, ante la ventana abierta a la marisma...

«Dadme las palabras, Señor, dadme enseguida esas pocas palabras indispensables. Vos sabéis bien que tengo que darme prisa, mucha prisa...».

La enfermera era fofa y pelirroja. Reconocía el olor a pelirroja.

No había terminado. Había buscado algo. Porque no confiaba. Porque...

¿Es que no le iban a ayudar? ¿Iban a dejar que fallara en todo, como en tantas cosas en que falló en la vida? En ésta no podía fallar. No sería justo...

—Padre, confieso...

Era tan sencillo, no obstante, y no hacían falta en absoluto treinta y dos baúles de mimbre, ni barca, ni «automóvil», ni los miles de vasos que se bebió a escondidas.

Apoyada en el hombro de Alice, Baba le miraba con sus grandes ojos límpidos, y en ese momento sonrió, y agitaba los brazos regordetes.

¿Qué había perseguido él con tal pasión, con tal furia?

—¡Un segundo, enfermera!

No estaba seguro de estar hablando. No tenía importancia.

Al mismo tiempo que corría para atrapar Dios sabe qué, huía.

¡Eso es!

Y aquello de lo que huía...

¿Era eso? ¿Iban a emitir un fallo, en su «juicio»?

Se levantaban, atropelladamente, como en la escuela a la hora del recreo. Se levantaban demasiado pronto. No había terminado. No había dicho todavía lo principal.

—Un padrenuestro y diez avemarías—farfulló, entre sonrisas, el padre Cœur, al pasar junto a él.

—Pero, señor cura…

No era justo tampoco. Demasiado fácil. ¿Y si, por no hacerlo en serio, el «juicio» no fuera válido?

—Escuchen, lo que yo perseguía y de lo que huía, miren, era…

¡Cuán largo camino para llegar aquí! ¡Toda la vida de un hombre! Le temblaban las piernas, el sudor le resbalaba por la frente, por todo el cuerpo. Había subido la cuesta demasiado deprisa y su corazón no podía más, le fallaba. Uno, dos, tres… Una pausa. Cuatro, cinco, seis… Otra, más larga, como si no fuera a seguir.

Tenía los ojos abiertos. Veía. La enfermera pelirroja se inclinaba sobre él, en medio de una luz tamizada.

—… Siete, ocho, nueve…

Su cuerpo se ponía rígido, como si quisiera hacer el puente, y de pronto, le dio vergüenza, sintió que las lágrimas brotaban a raudales, y balbuceaba, incapaz de servirse de las manos, que no encontraba, para taparse la cara:

—Perdón, señora… Me he ensuciado…

Los ojos seguían abiertos, con los párpados mojados por las lágrimas, mientras la enfermera alargaba el brazo hacia un timbre eléctrico.

Era la una y diez de la madrugada.

Jouve dormía, en un banco, en la sala de espera de la clínica.

Alice estaba en el tren, entre Marsella y Lyon.

Cuando abrió la portezuela, en París, vio un gran titular negro en primera plana de todos los periódicos: MAUGIN HA MUERTO.

Carmel by the Sea (California),
27 de enero de 1950

ESTA EDICIÓN, PRIMERA,
DE «LOS POSTIGOS VERDES», DE GEORGES SIMENON,
SE TERMINÓ DE IMPRIMIR EN SANT
LLORENÇ D'HORTONS EN EL
MES DE MAYO
DEL AÑO
2023

Otras obras de Georges Simenon
publicadas por Anagrama & Acantilado

EL FONDO DE LA BOTELLA

TRES HABITACIONES EN MANHATTAN

LA MUERTE DE BELLE

COMISARIO MAIGRET

MAIGRET DUDA

MAIGRET TIENE MIEDO

GEORGES SIMENON
El fondo de la botella
ANAGRAMA & ACANTILADO

Patrick Martin Ashbridge, un abogado que se ha ganado la confianza de la clase acomodada de Tumacacori, en la frontera de Estados Unidos con México, recibe la inesperada visita de su hermano menor Donald, prófugo que cumplía condena por un intento de asesinato, hombre débil, irresponsable y, sin embargo, dotado de un extraño poder de persuasión. La llegada del fugitivo, que confía en cruzar la frontera aprovechando la crecida del río Bravo con las inmisericordes tempestades de la estación de lluvias, alterará la tranquilidad de la pequeña comunidad de rancheros y enfrentará a los dos hermanos, que se debatirán entre el amor y el odio, el rencor y la culpa. En este paisaje tan inexorable como el destino, cuya realidad social e histórica sigue invariable, Simenon urde uno de sus más notables *romans durs*, el primero de su etapa americana, donde recrea una compleja trama familiar de resonancias bíblicas, freudianas y, por qué no, autobiográficas.

GEORGES SIMENON
Tres habitaciones en Manhattan
ANAGRAMA & ACANTILADO

Cuando se conocen por azar una noche en un bar de Manhattan, Kay y Frank son dos almas a la deriva. Él, un actor que roza la cincuentena y al que ya le quedan lejos los días de gloria, intenta olvidar a su mujer, que lo ha abandonado por un hombre más joven. Ella, que acaba de perder la habitación que compartía con una amiga, no tiene donde pasar la noche... ¿Bastará la inmediata atracción mutua para hacerles olvidar las heridas de la vida? Celoso del pasado de Kay, temiendo perderla, tan inseguro de ella como de sí mismo, Frank estará a punto de malograr la nueva oportunidad que el amor parece brindarle. En *Tres habitaciones en Manhattan*, Simenon se adentra en el corazón de la gran ciudad tras la pista de estos dos vagabundos que se aferran, ajenos al espacio y al tiempo, a un *amour fou*.

GEORGES SIMENON
La muerte de Belle
ANAGRAMA & ACANTILADO

La apacible vida de Spencer Ashby, maestro de escuela en una pequeña ciudad del estado de Nueva York, se viene abajo la mañana en que Belle Sherman—hija de una amiga de su esposa a la que el matrimonio hospedaba desde hacía un tiempo—es hallada muerta en su casa. Al ser declarado principal sospechoso en la investigación, este hombre ingenuo, tímido y algo acomplejado conoce de primera mano la humillación de los interrogatorios policiales a la vez que es víctima del ostracismo al que lo someten sus colegas y de la hostilidad de sus vecinos. Y es que, por más que Ashby proclame su inocencia, todo el mundo cree que es el asesino; incluso su mujer empieza a dudar de él. ¿Cuánto tardará en derrumbarse bajo el peso de semejante sospecha? ¿De qué es capaz una persona cuando se siente completamente acorralada?